不退让
是年轻人
最好的
体面

孙晴悦 著

中国友谊出版公司

每一个后来发光的人，

都在青春的疼痛里做过最沉默的努力。

当你看过千山万水，看过万家灯火，
你才会格外珍惜自己眼下的生活。

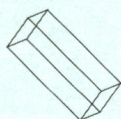

　　我曾经无数次幻想自己 30 岁的模样，或者说得确切一些，我是胆战心惊地在等待这一天的到来。可以毫不掩饰地说，我太害怕 30 岁已经到了，而我还没有成为自己想要成为的"那个人"。

　　对于想要成为的"那个人"，我内心有太多的幻想。

　　首先，她一定是好看的。30 岁女生的美，比 20 岁出头更难，因为它已经不再是脸蛋决定的好看，而是由身材、举止、谈吐、灵魂共同决定的模样。30 岁的"好看"，也不只是涂防晒霜、抹护肤精华，各个步骤一个不落地坚持，还要有一个发光的灵魂——在那个好看的外表下，能看到闪闪发光的有趣灵魂。

　　她想要年轻女孩指着她说："这就是我想要成为的女生。"男女老少，不管任何人遇见她，都喜欢她、想要靠近她。可以简单地说，因为她好看，男女老少对她好看的定义都不同，上人见喜，她终于具备了这种特质。

其次，她的阅历一定是丰盛的。去过一些地方，见过一些人，身上有那种吃过、见过、美过、爱过、伤心过、失望过、痛哭过的不露声色和云淡风轻。她没有小女孩的不谙世事，而是经历过悲喜，变成了一个有故事的人，脸上却不见丝毫世故和圆滑。

最后，她已经过上了自己想要的生活。因为她 20 多岁时的理想和抱负，20 多岁时的爱情和向往，她所有 20 多岁时辛苦播种的小苗，在她 30 岁到来的这一天像是一种对过往生活的检验。只拥有事业，会显得她孤单；只拥有关于婚姻的话题，会显得她平凡。每个人好像都在盼望一种圆满，却不能说这种圆满就是事业和婚姻。我想，这种圆满应该是一个人终于过上了自己想要的生活。

我太害怕了，因为时间匆匆，一刻不停，我离那个"大限"越来越近，不知道自己还能不能成为"那个人"。

关于"那个人"，20 岁的我有很多非常具体的愿望。

我想要 30 岁的我，毕业于中国传媒大学，那是我当年梦想的传媒天堂。我想要 30 岁的我，早已拿着带 CCTV 台标的话筒去往在世界各地，说着很多种不同的语言，出现在家家户户的电视机里。我想要 30 岁的我，和周轶君一样写自己的故事，出版自己的书，被下一届、下下届的小女孩喜欢。她们看着我的书，做着自己的梦，然后期盼实现自己的理想和愿望。我想要 30 岁的我，去过大半个地球，到过最远的地方，尝过最鲜美的食物，看过最美的风景，还有一个深爱的人。

我 20 岁的时候，没有人相信这些愿望都能变成真的——这真是一个贪心的姑娘啊！这其中甚至包含了两种职业——电视人和作者，而且是央视的电视人和著名的作者，实现任何一项愿望在外人看来都已经是非常不容易了，而我真的想要全部。

我还羡慕另一些女生，我上大学的时候，坐在台下听她们的讲座。她们是公司高管、企业家，她们像男人一样指点"江山"的模样迷人极了。但我只是转了转这样的念头，因为毕竟我在中国传媒大学上学，做一个媒体人是我的梦想。

这一年，我 30 岁。这个患得患失却又贪心的女生终于在过 30 岁生日的那一天，发了一条朋友圈，写下寥寥几个字：

"30 岁，18 岁时做的梦都实现了。"

我终于回答了这个让自己这么多年胆战心惊的问题，我觉得我终于成为自己 20 岁出头时想要成为的"那个人"了。

我去过最遥远的亚马孙雨林，戴着防弹头盔做过出镜报道，写过一本本书，记录着我自己关于青春、梦想还有远方的故事，亲眼见过一个个真实的读者，我们见面、握手、拥抱、言欢，并且居然阴差阳错地开始创业。

一个个身份的转变，一个个新的舞台和天空，从举着话筒坐在各个政要的对面采访，到亲自开了一个麻雀般的小公司，我的梦想不再是实现我自己的梦想，而是开始实现团队的梦想，以及帮助千千万万个年轻女孩去实现她们的梦想。

因为我经历过很多黑暗时刻，走过很多夜路，又在每一个太阳升起的时候做过很多不切实际的梦，我亲手把它们一一实现了，我亲眼看着种子一个个都发芽了。我有过 20 多岁时的年少气盛，我也在 30 岁到来的时候说：我只要此时此刻。这本书是我曾经燃烧过的热血，也是我如今最珍惜的此时此刻，那些得到、失去、领悟、教训，都成了一个个故事、一段段回忆。

一个作者最幸运的事，即每一本书都是她的一部分人生，每一本书里都有她经历的新故事。她看过了新的风景，遇见了新的人，有机会把中间跌宕起伏的悲喜和顿悟写下来和你们分享。

这么多年，"在隆冬，我终于知道，我身上有一个不可战胜的夏天"。

孙晴悦

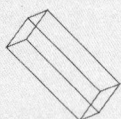

目 录

CONTENTS

PART 1

30 岁，终于明白什么是想要的爱情和婚姻

PART 2

在任何一种生活里活出光亮

PART 3

那些出色却深藏不露的年轻人

PART 4

如何让生活崩塌得慢一点

PART 5

应该全力以赴的时候，千万别纠结

PART 6

一万年太久，只争朝夕

PART 1

30 岁，终于明白
什么是想要的爱情和婚姻

不是索取，不是照顾，而是彼此能理解人性，并且能用自己的善去激发对方人性里的善。

单身不苦，没有尽情体验过才是真的苦

我身边的女生大多 30 岁左右，就是传说中应该焦虑无比的那群人，因为她们这两年都即将或者已经迈过 30 岁这道坎。这些女生分为两种：一种是从二十七八岁开始就每天如同祥林嫂一样对身边的人说"怎么办，我马上要 30 岁了，还没有找到男朋友"，忧愁完全写在脸上。

你看着她写满了焦虑的脸，会觉得岁月也许真的不饶人吧。原本印象里，姑娘也还正青春年少，现在仔细看看，那张乌云密布的脸也确实像一个 30 岁的女人了。

还有另一种人，你感觉她们每天都有新鲜而精彩的生活。她们拼命工作以获得升职加薪，或者辞职创业，或者旅行、恋爱，好像一天 24 个小时完全不够；她们有太多的新鲜事要做，有太

多的新朋友要去认识，她们完全不记得自己是今年 30 岁还是明年 30 岁。

年龄对于她们来说只是一个隐藏着的数字，你随便一看这些生机勃勃的姑娘，一定不会把她们的实际年龄和 30 岁关联起来。你只会赞叹她们活得太有范儿了。你甚至都不会问她们，有没有男朋友，结没结婚，因为这么美好的姑娘，单身还是已婚又有什么关系？

伊小姐最近刚回国休假。我们也是很多年没见了。她是学西班牙语的，毕业后就在做国际贸易，英语、西班牙语都说得像母语一样地道。她也是一个活脱脱的空中飞人，并且是我所认识的 30 岁以下就拥有航空公司白金卡的唯一一个女生。

我常常笑她，上辈子应该是一棵树吧，要不然这辈子为啥飞成了一只鸟。她在全世界做展会、开片区会议、见客户、谈方案。有一张她拉着 RIMOWA 旅行箱在机场等飞机的照片，被法兰克福机场做进了年度视频里。

她回国休假，自然是要约饭喝酒的。我第一眼见她时，她穿着简单的白 T 恤、牛仔裤、小白鞋，背一个香奈儿的双肩包，朋友们都惊呼，除了她的包包能看出年纪之外，简直逆生长变成了一个少女。

伊小姐今年正好30岁。她常年在海外，如今依然单身，或者说现在还没有结婚。在一个日式的居酒屋里，伊小姐还如同几年前一样，痛快喝酒，谈笑风生。

说起30岁女生的焦虑，她说："说出来也许你们都不相信，但是我真的完全没有对单身或者还没结婚这件事产生焦虑感。"这让我想起了一个读者的留言："晴悦啊，一直很想问你，当你看到身边同龄的、比自己年龄小的人纷纷结婚生娃，那一刻你有没有感到失落、焦虑？"

我马上对伊小姐说，我懂！

我在给这位读者回复的时候也说了同样的话："完全没有，哪怕一秒钟。"说完，我就觉得她应该认为我在强颜欢笑，心里并不是这么想吧。

伊小姐说，这么多年来，她虽然完全没有焦虑30岁单身这件事，倒是在这么多长辈、同龄人的逼婚、惶惶不可终日中，明白了其他人为什么如此焦虑。

30岁单身很苦吗？其实这句话里"单身"并不是重点，说出这句话的人想表达的意思是：

"30岁，单身，生活乏善可陈，工作碌碌无为，每天混混日子，突然发现自己都要30岁了，然后觉得'苦'。看看周围的女生，事业平平的已婚了，有些还抱了俩娃，就觉得她们过得比自己好；还单身的姑娘们，工作上风生水起，几大洲、几大洋恨不得都踩个遍，有趣的朋友围绕在身边，她们只是单身而已，就觉得她们过得也比自己好。"

其实，这些人不是觉得 30 岁单身苦，而是认为 30 岁了依然什么都没有，心里空荡荡的，才觉得苦。若说 30 岁的苦是因为"单身"，其实并不公平。

因为婚姻不是任何人平庸生活的解药。

其实，我 20 多岁的时候，身边已经有刚踏入社会还没有明白这个世界到底是什么样，就一头扎进了婚姻，扎进了那些鸡毛蒜皮的琐事和一切以婆婆、孩子为话题中心的姑娘。

她们对我说："你知道吗？有一首诗叫《假如生活欺骗了你》，我现在就是这种感觉——毕业后就结了婚，工作就是在混日子，然后每天深陷于老公、孩子、婆婆、家庭中，再一抬头发现自己 30 岁了，看着这首诗，我觉得生活真的欺骗了我。"

"我都还没活明白自己的人生，就开始了老公和孩子围绕的人生。"

"30 岁单身苦吗？我觉得一点都不苦。30 岁了还什么都没有体验过，眼看着事业就是这样了，眼看着生活也一眼望到了头儿，再谈活出自我，谈何容易？"

你看，30 岁已婚的人也觉得苦。

你发现了吗？只有日子过得平庸的姑娘，才把自己所有的痛苦和无奈归结于单身或者已婚。平庸的单身姑娘觉得，这一切都是单身的错；平庸的已婚姑娘觉得，自己之所以无法活出个样子都是因为结了婚，被束缚了。

所以，伊小姐把这些姑娘的苦归结于她们 30 岁了，却都还没有尽情体验过人生，没有体会过拼命工作、拼命冲刺，也没有不顾一切地拼命深爱过、痛哭过，就埋头于琐碎的生活中，可不是很苦吗？

我知道，你会说：琐碎的生活难道不是生活的本质、生活本来的模样吗？

你说得对。

但正因如此，青春才显得珍贵。我们才应该在还能挥洒汗水、还能放声大笑、还能对酒当歌的时候，用力地跑，痛快地喝，豪迈地笑。

肆意地去生活，并不是说你必须看过多少风景、爱过多少男人，而是说，你必须在最年轻的时候，充分尝试工作什么样、爱情什么样，你需要充分试错之后，才能知道自己想要的究竟是什么样的生活。

见得多的姑娘，从来都不会后悔是单身还是已婚，因为她们去过最远的地方，看过最美的风景，遇到过最有趣的人，她们深知，30 岁单身不苦，没有尽情体验过人生才是真的苦！

30 岁没有固定伴侣是种怎样的体验

知乎上有一个问题：30 岁以上没有固定伴侣的人，精神状态和生活状态是什么样的？

看到策划助理发来这个问题，我就笑了。如今，我 30 岁了，其实不再需要思考这样的问题，但我不否认，在二十几岁时对于这个问题，我好奇过、怀疑过，也不怀好意地揣测过——揣测身边那些三十几岁单身的姐姐，她们真实的生活状态究竟是什么样。

30 岁，单身，她们开心吗？着急吗？曾经在深夜痛哭，还是在 CBD（中央商务区）的浮华绚丽中根本就没空孤单？

我的助理是 1993 年的女生，小我 5 岁，她也开始关心这个问题，如同我二十几岁的时候一样。

知乎上有一个答案说得很中肯，我自己也很喜欢。以前一直以为只有女生才会关心这个话题，但这个问题下得到最多点赞的回答却是一个男生写的。

"我今年刚刚 30 岁，在一家互联网公司做软件工程师，加班很多，收入在同行业中不高也不低。刚买了一套房子，买车最大的问题是摇号。对男装比较喜欢研究，而且比较爱干净，不抽烟，不喝酒，喜欢读书。"

说真的，不管是男生还是女生，我身边 30 多岁且单身的人，日子过得都不错。如果再不怎么缺钱，简直过得让已婚人士都羡慕。这个男生说得普通，其实你仔细琢磨，里面包含了很多重要的元素。

第一，如果你 30 多岁且单身，那么对于你来说，无论是满足物欲还是充实精神，最重要的一件事就是工作，一份至少能养活自己的工作。如果薪水丰厚，把自己养得很好，那么你可能就更不着急结婚，更愿意享受眼下的日子了。

一份程序员的工作，在他低调的形容中，显得不好不坏。

第二，房子。我始终觉得如果你是单身，简直比已婚者更需要买房子，让自己没有漂泊在外的感觉。当然，这一点其实和第一点有着密不可分的关系。

　　我身边 30 多岁的女生大多收入很高，自己买房付了首付，自己还贷，完全不靠爸妈。说白了，经济基础太重要了。有钱，且是自己有钱，在很大程度上，给自己建立了天然的安全屏障，你不会心里空落落的，以至于疲于从一个男人那里寻找安全感。

　　事实也证明，自己给的才是最大的安全感，一切依靠他人而得到的，大多是看上去美好的海市蜃楼，一不小心就会消失，只能看个虚无的影子。

　　第三，有品位，懂生活，有自己的兴趣爱好。"对男装比较喜欢研究""喜欢读书"，你必须有一个真正的爱好，或者说真正热爱的事情，在工作之余，不是只会看剧打发时间。

　　琳达说过，30 多岁，单身，且真正能够做到不在乎别人怎么看的女生有一个共同点，就是她们都有一项非常狂热的爱好。喜欢古典音乐也好，喜欢马拉松也罢，又或者是狂热的徒步爱好者，连马丘比丘都要走过好几条线路才甘心，再或者喜欢烹饪，想法子买各地特色的食材，端出一锅冬阴功汤的瞬间，让人觉得走在泰国的街头。

　　注意，以上我说的"热爱"是非常狂热的那种热爱，而不是为了男朋友、老公、婆婆高兴，端出一锅汤；或者为了晒个朋友圈才跑半马那种作秀式的热爱，这些统统不算。为了周围人而做的事情，你很难真正体会到不管周围人怎么看的那种来自单身的喜乐。

第四，"不抽烟，不喝酒"，这个男生专门提到了这一点。单身的人，更应该注重自己的健康指数。至少我身边 30 岁左右且单身的姑娘，都在忙着给自己买重疾险，都在健身房挥汗如雨，都不喝碳酸饮料。

单身人士比谁都害怕生病，害怕自己出任何意外，所以他们也比谁都早早预估了风险并付诸了行动。久而久之，单身的人就习惯了健康的生活方式。你以为自己安于"老婆孩子热炕头"的时候，单身的人都在一个个酒吧里夜夜笙歌到天亮吗？当然不是。他们往往都在跑步机上挥洒汗水，还没忘记在耳机里听着"得到"。

肉身和灵魂，一个都不能少。

所以，"30 岁没有固定伴侣的人，精神状态和生活状态是什么样的？"这个问题的答案已经有了。

30 多岁，单身，且不受他人影响，自己过得还不错的人，已经赢过了社会上大多数的普通人，无论是物质上还是精神上。

你要知道，30 岁以后坚持单身，依然坚定地等待真爱，并且能把自己的生活过得井然有序的人，都不是普通人。这难度系数绝不亚于妥善经营一家公司，包括核心竞争力，如财务状况、身体状况、抗风险能力、危机公关能力。

另外,你还是自己的发言人,随时随地都可能需要召开"新闻发布会",一次又一次地为自己单身而发言。

虽然问题的核心都是"你为什么30岁还不结婚",但发问的人群可是时时变、日日变,除了七大姑八大姨,还有爱聊八卦的同事、合作伙伴的热心女老板,等等。所以,你都扛下来了,且目前看来效果不错,那么真的要恭喜你了——无论有没有固定伴侣,你已经是人生赢家了。

要知道,很多人的婚姻是没有经过尽职调查、风险管理的,动不动就冷战、吵架,精神健康状况频频亮红灯,简直像一个存在巨大外部风险的公司,搞不好分分钟破产。

我们在20多岁的时候,一想到30岁还单身就不寒而栗,甚至会暗自揣测那些已经过了30岁并且依然单身的姐姐,她们的生活状态、精神状态是什么样。但等到我们自己真的30岁的时候,就发现那些依然坚持自我、相信真爱、工作努力、生活有趣又积极向上的女生,才是真正的玩家,因为这种生活才是人生游戏的自定义玩法。

自定义玩法和普通玩法的区别在哪里?

你需要更大的核心竞争力、更好的装备、更健康的肉身、更有趣的灵魂，才能过上自定义玩法的人生。能这么玩儿的 30 多岁还单身且过得不错的人，都已经具备了了不起的才华。

那么，究竟自定义玩法的人生好，还是普通玩法的群众路线好？是不是过了 30 岁，单身且过得好的人就不用结婚了？结婚有这么差吗？

我觉得有个总结非常对：

"两个人幸福地过日子 > 一个人好好过 > 一个人胡乱过 > 两个人胡乱过。因为没有把握好好过的时候，扯进来越多人，越糟糕。"

30 岁，终于明白什么是想要的爱情和婚姻

这么多年的家庭聚会，我其实很少参加。回国后，多了时间在家里吃饭，陪妈妈逛街，我甚至和朋友说，今年终于又要在国内过冬天，居然有一点小小的期待。

在南半球明媚的夏天和西海岸隐忍时光里的些许阳光的照射下，我生生在 6 年里过了满满 5 年的夏天。2017 年，我猛然觉得夏天好像要结束了，翻箱倒柜地却找不出秋装时，才发现这些年，也就是 2015 年我在北京过了一个完整的冬天，并且应该是我出生 30 年来过的最冷的冬天吧。我都不知道自己是如何有勇气度过了那个冬天。

我是一个特别爱自由的人，二十几岁的生活过得灿烂无比，上学、工作、驻外、写作、创业，再加上恋爱的时候遇到过很

好的人、一同并肩的战友，我从没有感受过什么缺失，所以也不曾琢磨想要的爱情和婚姻。

在闺密聚会时那些"要找什么样的男朋友""期待什么样的爱情和婚姻"的话题里，我一般都会沉默。家庭聚会时，女性长辈会说"最好找个公务员或者在事业单位工作的男生""最好找个本地人""相亲介绍特别靠谱，因为知根知底"。我们永远对相亲之类的话题特别嗤之以鼻，觉得那不是我们想要的爱情，却也说不出来自己究竟在找什么。

我们从他人身上，
获得我们自身不具备的能量

30 岁和 20 多岁最大的不同是，我们越来越了解自己。

如果说 20 多岁时，我们只知道要努力却不清楚自己的未来该是一个什么模样，那么 30 岁以后，我们越来越清楚，自己短暂而漫长的生命究竟想过什么样的生活。

这么多年我们通过努力和试错不断地调整方向，不断地让自己更接近生命的真相，知道自己的野心和理想，知道自己的短板和弱项，了解和看清人性，却仍怀着那些英雄主义的乐观和对他人的信任，我们知道自己想要的是什么，为此愿意去交换，可以付出、放弃。

这么多年，我认识的人大多和我是同类。聪明、勇敢、肯吃苦、能忍耐，知道自己的理想和目标，也非常清楚自己为此需要放弃的是什么。但是在爱情和婚姻里，我们找的并不是另一个自己。我们不是苦苦去寻找这个世界上的另一个自己，然后和另一个自己共度余生。

人总是在追求自己身上没有的东西，一段关系也是一样。一段好的感情，要能够从对方身上看到希望。而两个相同的人，是很难看到这种希望的。因为我们太了解自己了，所以也太知道对方身上有着和自己一样厌倦却改不掉的缺点，而对方那些光芒万丈的优点也雷同，所以，我们并不需要从对方身上获得这些我们已经拥有的能量。

琳达问我："你不具备却渴望的能量是什么？"

在开会录音频的间隙里，朋友发来一张照片，拍的是一个普通的街角临时施工围起来的一小段路。我看了一眼，没懂，放下手机，继续开会。这时又进来一条微信。

"你看，这栏杆上有一串麻雀。"

我又点开原图，放大了图片。

我和我的同类，是连点开查看原图都觉得浪费时间的人，更别说走在路上看到什么麻雀，只有小时候才很容易看到麻雀，如今已经十几年没见过了。我们知道自己这样是不好的，夏末我们不知道荷花结成了莲藕，初冬我们在小区里走来走去都不会发现梅花早已飘香。

这是我们生命里欠缺的能量。

不是性格互补，
而是生命能量的交换

一个好的伴侣，能够让我们的生命层次更加丰富，不会让我们在单一的直线上越走越远。

我是一个永远都抱着日程本子生活的人，虽然工作的时间、地点如今看来是越来越自由，可是我从 2017 年 8 月就说忙完要去旅行，一直到 2018 年 8 月竟都还没实现。

伊小姐说过同样的话："我不要找一个也抱着日程表无法自拔的同类。"

30 岁，我们想要的感情里，最大的希望是什么？确切地说，不是性格互补、习惯互补、工作互补，而是与生俱来的生命能量互补。我们通过对方能看到一个全然不同的世界，而不是看到一个我们早已烂熟于心的世界。这个世界的游戏规则，人与人之间恰到好处的进退，30 岁，我们努力了 10 年才在这个世界里换来些许的游刃有余。

婚姻是一个机会，让你能重新分配自己的时间和精力，影响你已经习惯了 10 年的日常生活，从而有机会和另一个人一起见到这 10 年里没见过的风景，体验不一样的情感。你是通过另一个人，或者通过一个新的生命和家庭，丰富自己生命的层次和体验。

我们寻找的是一个伴侣，不是寻找房子、财富，也不是寻找所谓可以托付终身的人，只要稍微长一点年纪，你就会知道，"托付终身"四个字有多么可笑。

你要把自己托付给别人，期望他能够承担起你生命里所有的悲喜，是多么夸张的一个重负。

一直都有个悖论，越是拼搏奋斗的女孩，越是常常会被人诟病"肯定太强势""不顾家""不是贤妻良母"。

这么多年，我早就发现，我身边的女孩一直都把自己照顾得好好的。她们不在朋友圈里晒美食，不代表她们不会做饭；不晒母亲节给妈妈的转账，不代表她们周末没有放下所有的工作陪妈妈逛街。我们只是觉得什么烹煮、打扫，早就是我们独自居住的日常，有什么好晒、好强调的。我们工作的模样和我们日常的模样，根本就是毫无关系的两个样子。恰恰是那些从小被父母保护着长大的，才是婚后做了一盘番茄炒蛋都觉得自己无比了不起的人。

30 岁，我们在谈论爱情和婚姻的时候，早就不是那个渴望被照顾，不断想通过索取和得到来证明自己值得被爱的小女孩。

30 岁，我们早已习惯独自谋生，早就看过了我们这个世界里的风景，经历了一些坎坷，我们清楚地知道自己拥有的和缺乏的。

我们还愿意和另一个人共度余生，那一定是因为在这段感情里，有一个一直都让我们探索的希望；是对方身上有永远吸引我们但我们自己不具备的能量；是我们愿意用自己人性里的善意，去激发对方人性里善的部分，而不是相反。

要知道，有多少人在婚姻里是用自己的人性之恶激发对方人性里的恶，循环往复，互相指责，彼此折磨，在这个旋涡里无法自拔。

30 岁，我终于明白我想要的爱情和婚姻，不是索取，不是照顾，甚至不是被爱，而是彼此能理解人性，并且能用自己的善去激发对方人性里的善，舍不得在这段关系里试探、猜忌，互相提防。

你只有理解了人性，才有可能坦诚、热烈地去爱对方。

和你们共勉。

为了爱情放弃一切的女生，每一个都后悔了

有一次，我在一个学校里做签售，见到了特别多 20 岁出头的男生、女生。我说"我今年 29 岁"的时候，也并不觉得自己和他们差距有多大。

然而，在另一场签售会上，我问："我和你们差几岁？"

台下齐声喊道："10 岁。"

我第一次觉得，原来我的二十几岁是真的离我远去了，如今在上大学的孩子已经是 1998 年以后出生的了。

兰州交通大学那场活动的提问环节，台下有很多人举手提问，礼堂二楼的学生更是举起了手机，把整个礼堂照得星星点点，像是在开一场演唱会。

时代变了，大家不再发短信了，也很少用现金了，所有人

都用支付宝、微信付款了，然而属于二十几岁年轻人的迷茫还是一样的，那些迷茫的话题跟我十几年前没有区别，甚至比我曾经的那个模样更保守了。

有一个男生站起来拿着话筒说："晴悦姐，你的生活听着真的非常精彩，然而我只想找一份安稳的工作，然后一心一意爱一个人，好好守护她。你能告诉我，我该怎么做吗？"

他说得特别真诚，真诚到我想拥抱一下这个小男生，虽然礼堂很大，隔着很远，我看不太清楚他的样子，但我能够感受到他眼神里的坚定。

我已经快要忘记这样的爱情了。

工作以后，好像都是房子、车子、孩子的话题，好像都是"我家有一套房，你家也有一套房"，好像都是"我妈说你这样的女生一找一大把，随便找找，都能找到更好的"。成年人的世界，都是赤裸裸的利益、比较、算计，谁都怕自己吃亏。

所以，这个男生在几千人的礼堂里，拿着麦克风，说"我只想找一份安稳的工作，然后一心一意爱一个人，好好守护她"，我作为一个1988年的"老女人"听到这些真的很感动。然后，我在想，他能够做到吗？应该做到吗？未来他会后悔吗？

我在台上嬉皮笑脸地问他："那个女生在现场吗？"

他说："不在。"

我问台下坐着的学生："既然她都不在现场，那我还管她吗？"

台下大笑，说："不用管了。"

笑过以后，我觉得这个问题其实我们所有人的心中都想过的，只是表现的方式不同罢了。我们都曾经想："我可不可以就过一种简单的生活，不要大风大浪，不要高潮迭起，我只想偏居一隅，过上陶渊明那种田园生活呢？"

我们可以做到吗？所以我想要认真地回答这个问题。

然后，我认真问了他："你上大几？"

"今年大一，刚入校。"

其实，我多么想和他说，我作为一个 1988 年的"老女人"听到这样的话，感受到这样的人间真情简直是激动万分，我真的认真思考了这个问题。

一个特别年轻的男生，他究竟有没有资格、有没有能力，又或者应不应该说什么梦想都不要，也不需要精彩的生活，只想有一份稳定的工作，然后一心一意爱一个人，好好守护她呢？

我觉得不行，并且是斩钉截铁地说不行。

很多年以前，有一个年长的朋友和我说过，一个男人在年

轻的时候说爱你，说要和你结婚，很浪漫，很感人，也确实是
那一刻的深情厚谊，但你光听听就好了，不需要太认真。因为
他们自己都不知道内心到底是怎么想的，他们都不知道说出的
这些话、这些承诺，自己究竟可以完成多少。

如果一个男人在 40 岁的时候说他决定和一个姑娘结婚，这
一定是一个慎重的决定，因为他知道他要付出什么，能够承担
什么，将要失去什么。他是在衡量了一切得失之后才决定结婚的，
这样的承诺与小男生的完完全全就是两回事。

我深以为然。

那个男生才大一，能够说出这些话确实很感人，也很有决心。
在这之前，我以为 95 后和我们已经完完全全不是一类人了，他
们对于爱情和婚姻的态度，比我们 85 后应该更放荡不羁、更爱
自由，然而在这样的无畏中，他们必须面对的一个问题是：

在你自己都还没有看过这个世界，没有看清楚这个社会什
么样，甚至不清楚自己究竟是一个什么样的人的时候，你终归
是没有资格给他人承诺的。

这样的承诺，伤害他人，也伤害自己。

我上大学的时候，有一本特别风靡的畅销书叫作《毕业那
天我们一起失恋》，直到如今还是这样，在那篇北大女生求职
的长帖子里，她写道："我不知道每年有多少感情很好的情侣

会在找工作这个阶段分手。现实太残酷了，爱情的重与轻，你是否真的能做出抉择？"

我们在说出承诺的那一刻，根本就不了解它的分量。

这个男生才大一，他站在人生最年轻的起跑线上，未来世界的辽阔和丰盛在他眼前是打开的，或者说，连他自己都不知道未来的人生会遇到多少可能性，当然他也不知道在这个残酷的世界里，他将遇到多少坎坷、挫折和困难。

生活才刚刚开始，其实我们每一个人都没资格说不想要哪种生活方式。因为我们在一无所有的时候，是没有资格做减法的。很多东西我们根本就不了解，根本没有拥有过，何谈"不想要"？

我们在最年轻的时候，要去不同的地方，看不同的风景，见各种各样有趣的人，看到各种各样不同的活法。在这个过程中，我们才能够越来越了解自己，越来越笃定内心真正的想法。

人生最重要的是，吃过，见过，爱过，美过。

你只有做加法，经历过一切以后，你才有资格选择，你才有资格说什么是你想要的，什么是你可以放弃的。这些都需要时间，需要经历，需要成长，是急不来的。

年轻的时候，千万别着急给自己做减法，你站在年轻的起跑线上，应该去更远的地方。

因为，我们看过太多的"后来"。

如果你在最该拼、最该闯的时候选择了安逸，那么等你人到中年，发现自己上有老下有小，工资依然这么少，力量依然那么弱，自己被生活压得喘不过气来却又无力改变的时候，就晚了。

想要从头再来，又谈何容易？

后来，我对那个男生说："你这个心愿悄悄藏在心里就好。"

在最年轻的时候，千万别用"我只要……"这个句式。因为你还不知道世界什么样，你也不知道自己有多大的力量、可以得到什么、能失去什么、可以到达多远的地方。

你现在说了"只要"，那么以后就会变成"只能"。

最后，我对他说："我希望你能够在见过了世界无数的可能性，见过了世界多种多样的活法，见过那些最丰盛的生活之后，依然愿意和如今的这个女生一起面对世事无常，这才是对一个女生最好的承诺。"

而我心里没说出口的那句话便是："我不希望你为了实现这个承诺，把自己牢牢地束缚住。毕竟你还那么年轻，与其未来后悔，两个人都心生怨念，不如现在藏好这个承诺，悄悄放在心里。"

其实，无论男生还是女生，都是一样的。

只是，那个时候的我们太年轻，容易为爱放弃一切；只是，那个时候的我们不懂，还要愤愤不平地说，1988 年的"老女人"，你根本就不懂什么是爱情。

到底什么才是优质男

在机场候机时，我坐在休息室里，看完航班起降信息，去拿一杯温开水，路过几个年轻女孩，无意中听到这么一句话："只有 80 后才傻乎乎地想要嫁给高富帅呢！"

这话说得令我诧异，却又觉得十分有趣，我不得不回头去看看那几个说话的女孩。女孩们看起来 25 岁左右的年纪，打扮时髦，面容姣好。其中一个人拿着手机在不远处，像是在处理工作，一边戴着耳机说着流利的英文，一边在 MacBook 上打字。其他几个女孩应该是在聊着和男生有关的话题。

她们热烈讨论着她们心目中理想男友的模样，由于是早班机，休息室里的人很少，稍微留意，她们的对话便能听得清清楚楚。

"像我姐姐那个年代，她们找的男生要家境殷实，自己又有能力、积极向上，这种看上去不错的男生最吃香了。"

作为一个 80 后的女生，我心里琢磨，好像没错啊。身边的女性朋友，如果非要她们说出一些条条框框的择偶标准，又或者说，看看这些姑娘最后都嫁给了什么样的男生，总结起来还真被小姑娘说中了。无非就是男生家境殷实，自己又有能力，拥有这两点的已经是不可多得的优质男了。

我把这句话发在和闺密的微信群里。

从大一宿舍里卧谈开始，女生就一直在讨论到底要找一个什么样的男朋友，到底什么样的男生才算"优质男"。这个话题从校园讨论到职场，我们遇到的男生变了，一起讨论的闺密变了，但似乎这个话题常新。

"10 年过去了，10 年！我们还是喜欢当年有上进心的奋斗男青年吗？"

伊小姐秒回："我们也许还是，但 90 后的姑娘不是！她们才看不上那些我们所谓的优质男。"

80 后喜欢的优质男大多是靠谱、上进、奋斗型的，尤其看重男生有没有事业心和责任心，两者兼备的男生可以给女生带来很好的生活和安全感。说白了，丈母娘所谓的"潜力股"，不就是目前也许赚得不多，但是未来发展潜力无限，可以给女儿带来很好的生活的男生吗？

什么叫作发展潜力无限？说到底，考量的还是他未来可以怎么样，如果他未来能发展成"行业大牛"，我们的生活也就会更好。

再说明白点，我们目前所谓的上进心和责任心，是他未来事业有成了，他有钱了，他变好了，能给我们带来物质和精神上的快乐。我们虽然标榜自己不是看上男人的钱，然而我们在潜意识里，还是想要男人的成长和成就带给我们更好的生活。

"但更年轻的女孩对于优质男的定义，以及我们自身的诉求已经默默发生了本质的改变。"

团队里新来了一个实习生，是 1995 年的海归女孩。于是我问她，什么样的男生才是优质男？她说了一个我们 80 后不曾考虑过，却意义特别深远的词语——"成全"。

所谓优质男，他的家庭或者个人能力好坏都是他本身的属性，是关乎他未来发展、个人成就的属性。女生除了未来享受他功成名就所带来的红利之外，这些属性于女孩而言，其实关系不大。

她说："说白了，我甚至不需要这些所谓的红利，因为房、车、钱、包，这些我自己同样可以得到，不需要依靠男人。所以，抛开善良、有责任心这些基本的条件，优质男不是有多大能力、有多少钱，而是我们能否在一段关系里彼此成全。"

她给我们讲了一个故事。

她有一个博士学长，家境很好，是那种典型的高富帅类型，而且本科毕业于国内顶尖的大学，后来去了美国读博士。他和女友一直异地恋，在博士毕业的那年结了婚。

女友在国内一个一线城市当小学老师。用学长的话来说，收入中等，普普通通，也不是什么非干不可的工作。但他女友特别热爱小学老师这份职业，就是那种喜欢孩子，喜欢教育事业，在讲台上整个人都能发光的人。

博士毕业后，他有两个选择：一是留在美国，他拿到了一家不错的科技巨头的工作邀请函；二是回到国内去他女友所在的一线城市，他也拿到了国内一家公司的工作邀请函，薪水、职位都令他相当满意。

外人无从比较这两份工作的好坏，而他自己说，感觉美国的工作比国内的略好，可能好了 5%。

后来，故事的结局是，女孩辞职，去了美国做全职主妇。

她没有美国的学位，在美国很难找到同等条件的工作。学长全家也说，正好趁着这两年在美国生个孩子。

为了他工作上 5% 的略微优势，女孩放弃了自己的 100%。

学长对女孩关怀体贴、无微不至，一个人的薪水也能让女孩过上不错的物质生活，而且他的家境也很好，父母还在美国买了房子。

我们的实习生妹妹说："如果是以前，一个女生找到这么一个所谓优质男学长，都要被看成人生赢家了——自己学历平平，长相平平，和优秀的学长结婚，最后一起生活在美国。但在我看来，这个高富帅学长就不是优质男。你们能懂吗？"

为了自己 5% 的好，女生放弃了 100% 的成长。

衡量一份工作是否好，并不是赚多少，或者工作是否有前途，而是在于女生自己有热爱的事业，在事业里能够感受到快乐。

"我们这一代人，要的真的不再是物质生活了。你说，房子、车子、包包，哪样我们不能自己买？"

80 后还在找所谓的高富帅、优质男，90 后已经悟出了男女关系的真谛。

"什么是优质男？能够在一段关系里，给对方一种非常向上的力量，而不是任凭你在所谓安逸的环境中无尽下坠。"

"我们更喜欢那种普普通通的男生，哪怕没有很高的薪水，职位也不高，但是和他在一起能有共鸣感，对于未知的世界和生活抱有最大的好奇心，我们愿意彼此成全，一起去探索崭新的生活。"

这里的"成全"不是非指谁放弃工作，谁放弃事业。这个世界上除了工作、事业，还有太多太多的乐趣和远方。

"成全"的关键是，你在乎这段关系里对方的成长吗？

"爱情和婚姻，本质上就是一种关系，和世间所有其他的关系都一样。好的爱人，是一座好的学校，互相为对方打开一扇门，通往未知的方向。"

爱情的本质与事业、生活方式的本质一样，最可贵的是可能性。你在这段关系里，是否一眼望到了头——是一眼看到了未来 50 年生活的模样，还是两个人能够一起探索，彼此成全，看到更多、更大未知的迷人世界？

年轻女孩心目中的优质男早已不是什么有房、有车、有高薪的工作，也早已不是什么家境良好，90 后女生已经比任何一代女性都要看重爱情以及婚姻里的可能性。

她们不在乎男生是否能爬上更高的职位，她们在乎的是自己能否在这一段关系里变得越来越好，能否看到更大的世界。

因为，优质男的定义早已改变，不再以他是否优质来衡量，而是在这段关系里，你自己是否能变得更优质，是否能感受到一种向上的力量。

请和男生做朋友，不要只有男朋友

"一定要和男生做朋友"，这是我在全国签售的时候，突然在脑子里蹦出来的话，然后我直接分享给了现场的读者。几乎每一场，都有女生让我给她们一个人生建议。

"人生建议"——这四个字分量太重了。我怕是会辜负她们的期待，因为她们满怀期待我当下说出的哪句话会改变她们的现状，又或者，哪句话会给眼下遇到困境的她们走出迷茫的光亮。在很多个城市的签售会上，我说过很多"建议"。

后来，签售了太多场，大家说着"晴悦姐，你是我们女生的榜样""我就想成为像你一样的女生"。我总觉得哪里不对。终于，在某一场签售中，我看到台下大多数都是女生，突然就好像找到了一个痛点。

女生的榜样是女生，女生的闺密也是女生。

确实，从我上学时就是这样。我更倾向于喜欢那些我眼里发光的女生，因为她们对我的未来有着极大的参考价值。相反，那些男生和女生面临的困惑、迷茫与痛苦都完全不同，双方几乎是两个星球的人。然后，我终于找到了问题所在，脱口而出的一句话便是"一定要和男生做朋友"，还有下半句"不要只有男朋友"。

台下哄堂大笑，女生一脸茫然地看着我，而台下的男生纷纷鼓起了掌。

我回想了自己整个学生时代，一直到工作以后，虽然我身边出色的女生很多，但是如果非要说闺密这种女性朋友，那么从小到大，和我关系很要好的闺密不太多，应该说就是完全能数得过来的那几个。

我们彼此分享了整个青春；在彼此一无所有的时候，认识对方的历任男友；知道彼此内心深处最深的恐惧……我们都是认识很多年的朋友，其实都不能称为闺密了，应该叫作家人。

闺密，我们彼此给予的更多的是陪伴，一起分享偷偷喜欢的男生，一起相约去买那条漂亮的裙子，彼此为应该戴哪条围巾去和男神约会出主意，又或者是那些撕心裂肺的时刻，那些独自流光眼泪的夜晚，我们是彼此温暖而坚定的存在。

那么，男生呢？一路走来，其实我有很多关系特别好的男性朋友。

在深圳签售的时候，"杨总"来参加我的签售会。他就默默地站在人群后面，直到我和最后一个读者签名自拍完，他才笑眯眯走过来。

"好久不见。"

是啊，我还记得在圣保罗，我们一起在巴西街头很常见的一个饮料店里喝东西。彼时，我做完驻外记者后极度迷茫，不知道人生的下一个路口要怎么走，而杨总也已经做了 5 年的国际销售，有些疲了。我们喝着亚马孙雨林里的一种果子做成的汽水，我咬着吸管，听他说着国内的变化，说着互联网生态，说着科技行业在国内的巨大发展。其实，我不用关心这些，我是一个媒体人，和他的领域全然不同。

那天，我和他说起那次在饮料店里的对话，和他说起当时我们两个人焦虑到喝汽水都能喝到两个人同时沉默。

在深圳，我惊奇地发现，彼时他在汽水店里说着的未来变成了现实。他放弃了在国企很多年的积累，去了行业内一家一流的科技公司重新开始。他兴奋地说着南美市场，说着中国的最新技术，说着新行业是多么激动人心。

我们聊到深夜，然后我猛然发现，男生不会和你聊那些家长里短、婆婆妈妈的事。他们关心的是那些更高层面的事，关心进步和未来。男生关心的是事情本身，他们愿意和你做朋友，欣赏你，而不是做女朋友，就说明他们把你当哥们儿看。而男生和女生之间最大的不同是，他们永远希望哥们儿过得好。男生之间没有女生的暗自较劲儿，在他们的字典里没有"嫉妒"这个词。

有个男生和我说，那些他真正欣赏的女生，一定不会舍得让她做自己的女朋友，他一定会一辈子都只和她做朋友。当时听到这句话的时候，我还在上大学，并不太懂。

他说："爱情和婚姻里有很多自私的部分，我自己非常清楚。女朋友或者老婆，我会不自觉地把她们往下拽，想要她们不那么拼，多顾家一点。这是无意识的，是人性或者一段关系本身带来的东西。"

后来，在《我的前半生》里，贺涵说过同样的话，我才真正明白。

唐晶要去香港，毫不犹豫地决定要去。

陈俊生问贺涵："为什么不阻拦？为什么不结婚？唐晶爱

你，全世界人都知道，除非你不爱她。"

贺涵说："你比我结婚早，你应该清楚，结婚是一件特别具体的事情。如果我和唐晶结婚，必然会有一个人为这个家贡献出更多的时间，那么会是谁？我还是唐晶？如果我们想要孩子，那么唐晶必然要为此耽误更多的时间。生了孩子，又要花费更多的时间和精力来陪伴他长大，我们怎么分配？你们肯定会说，当然是唐晶。可是我告诉你，即使她自己也这么认为，我不忍心，也舍不得。因为你们没有看到，她这一路走来有多拼命，而我看到了。你们不知道，她有多努力才可以做到像现在这样，让你们看起来她做什么都毫不费力，但我知道。"

贺涵和唐晶是绝不适合做夫妻的，他太想成全她了，而婚姻里恰恰具有自私的部分。

除了男女朋友之外，其实，我们太需要和男生做朋友了，他们在每一个你想"算了吧"的时刻骂醒你，在每一次你工作上想要放弃的时候力挺你，甚至因为他们太了解男生了，在你看不清渣男的时候，他们点醒你……他们是绝对不愿意看到自己的哥们儿坠入无尽深渊的。这是闺密很难扮演的角色。

女生在一起讨论工作、事业、行业、未来的时候，总是掺杂着太多感性的部分，会把婚姻家庭甚至婆婆、孩子统统拉扯进来，其实是不容易看清楚真相的。你要知道，男生在考虑自己的事业时，何曾考虑过其他人？

20多岁的时候，别天天拿着找老公的标准看待你身边的男生，就算他们不适合做男朋友，也不妨碍他们成为你的好朋友。

其实，在后来的年年岁岁里，恰恰是那些女孩教会我如何去爱，那些男孩教会我成长。

谨以此文感谢我生命里那些让我看到榜样，给过我鼓励，陪我走过迷茫的男生，他们并不是我的男朋友，也从未要做我的男朋友，但他们陪我一起长大，陪我一起征战过沙场，流过泪，流过血，让我直到今天还未放弃做一个讨自己喜欢，而不是讨男人喜欢的女生。

听话和不听话的姑娘，过的是不一样的人生

长大以后，我们会慢慢发现，身边的朋友其实是跟随着阅历和价值观而变换的。有的依然携手同行，有的却渐行渐远。

琳达说："有一天，你已经不想再回答闺密问你'一个月工资多少钱，你 30 岁生没生孩子，你要什么时候才能生二胎，你有没有买学区房，你以后孩子上学怎么办'的时候，你们注定就无法在同一个频道里继续相谈甚欢了。"

"你都不知道如何回答这些问题，一两句话根本说不清你的现状和价值观，而她们用自己安稳世界里的标准衡量你，对你看上去居无定所、冒险漂泊的生活也是极其不屑一顾。"

"因为，听话的乖乖女和看上去不那么听话的你，完全奔走在两条不同轨迹的道路上，过着两种截然不同的人生。"

可不是吗？我大学刚毕业的时候，被问得最多的是，你去了哪家公司？月薪多少？可是如今，谁都不会问身边的朋友月薪多少，好像这个概念不存在了。

她们要么自己给自己发工资，要么在资产、生意、版税等收益相比之下，工资简直可以忽略不计。所以，她们聊的是年收入，而昔日听话的乖乖女谈论的是明年会不会涨工资。

不听话的姑娘，在 30 岁上下的年纪还在不同的国家、不同的城市，或是和吉卜赛女郎学着挑选印花布料的长裙，或者长假期早早订了船票去南极看企鹅，又或者花两周的时间把自己埋在东南亚国家的厨房里分辨各式的香料，做出香气各异的浓汤。而乖乖女讨论的则是相亲市场上的优质男，以及要在最佳生育年龄 26 岁生孩子，30 岁前抱两娃，最好儿女双全，以此成为人生赢家。

其实这两种人生，本来就是谁也别瞧不上谁，谁也别去评判谁，谁也别吃着碗里的想着锅里的，然后心态失衡，彼此贬低。

可是，我偏偏听到了太多的评判，隔着屏幕都能感受到太多的口水。常常有人在后台留言说："你文章里那些周游世界的姑娘看起来挺洒脱的，那是因为她还没结婚。结了婚的女人没有远方，生活就是故乡。"

"她们看起来也就是现在赚得挺多，10年以后没个稳定工作，要靠什么生活呢？"

"我也想在职场上呼风唤雨，可是家务谁来干？孩子谁来管？有了孩子以后，谁不是这样家长里短的生活？"

我有时候也会和闺密吐槽，为什么如今二三十岁的姑娘这么年轻，戾气却这么重，到底谁欠她们了，是男人还是社会呢？

琳达说："都是因为她们太听话了——听了别人'我都是为你好'的话，却说服不了自己的内心，然后在一天天的拧巴中，戾气越来越重。所以就只能在看见别人光鲜亮丽地生活的时候，急不可耐地跳出来，指出别人生活中的不完美。其实她们没有恶意，不过就是用来安慰自己。"

有很多人问我："做一个听话的女生，难道错了吗？"也错，也没错。关键是你能弄清楚，你究竟该听谁的话吗？

我有一个家境良好的闺密，生了孩子以后，全家都劝她不要去工作了，"外面工作那么累，家里也不缺钱，你陪陪孩子，照顾家里，多好啊"。

我这个闺密，对此有一番超级犀利的分析。

这句话本身没错，包括如下几个意思。

"外面工作那么累"——没错。

"家里也不缺钱"——没错。

"陪陪孩子"——没错。

"照顾家里"——没错。

但，这句话错在"多好啊"。

这个"多好啊"，那要看说这句话的人是谁，站在什么样的立场了。

她亲妈觉得反正家里也不缺钱，外面工作挺累的，所以她在家照顾孩子，不要这么累，多好啊。她亲妈是一个养尊处优的家庭主妇，年轻时候就不工作、不爱打拼，所以在她的价值观里，外面工作那么累，照顾家里是轻松自在的。所以，亲妈觉得女儿这样多好啊。

她婆婆觉得："你得承担家里的大小家务啊，照顾孩子天经地义。"说白了就是"我不喜欢你在外面工作，你在外面累不累我不知道，反正我儿子在外面工作挺累的，你得照顾他，所以，你不去工作，对我儿子来说，多好啊"。

婆婆永远都会站在自己儿子的立场上，所以你想要什么样的生活是她从来没想过的，而她只想儿子有人照顾，回家不用刷碗，就是"多好啊"。

你看明白了吗？

大多数女生就是以妈妈的话、婆婆的话来指导自己的生活。但问题是，你从来没想过她们的话大多是站在自己的立场上，以她们的人生经验，以她们想要的生活，来要求你也过这样的生活。

如果你觉得妈妈或婆婆目前的生活是你想要的，那太好了，你大可乖乖听话，也不用觉得拧巴，因为那就是你想要的人生。但是，如果你从来没有想过到底该听谁的话，就胡乱做了个听话的姑娘，你很容易变成一个戾气很重的女生。

因为你觉得你听了她们的话，却没有过上你想要的生活。

我闺密最后又自己分析了一下：

"全职主妇这件事对谁都好——无论是对老公、对父母、对公婆还是对孩子，都好，唯独对一个事业上有野心或者自己内心有想法，想要按自己的意愿过一生的女生来说是浪费时间。"

我知道，有些人看到这里又要跳出来说"陪孩子怎么叫浪费青春呢""你这人自私不自私"。

还是那句话，**彼此要过的人生并不相同，也无须指责。**

我身边有很多生了孩子，现在在创业的女生，她们在朋友圈从不晒孩子，但宝宝都被教得很懂礼貌。我身边 30 岁依然单身，享受着工作和生活，享受着今天飞去大溪地，明天在大溪地潜水的姑娘，也安然自得，毫不焦虑。

她们不会拿别人的价值观来要求自己，也清楚地知道自己母亲那一辈人的生活方式究竟是不是自己想要的。做一个听话的姑娘本身没错，关键在于你自己心里要明白，你想要过什么样的生活。

她们向那个 40 岁依然单身，两三年换一个国家生活，浪迹天涯的女神咨询一个人独处的困惑；也向那个 40 岁在职场上呼风唤雨，却也生了一对儿女的女强人姐姐讨教对时间的管理和人生每个阶段的取舍。

她们也许看起来任性、不听话，但其实她们比谁都谦虚，心里跟明镜似的。

她们知道，听了谁的话，过的就是与自己本该过的截然不同的人生。

看过世界的女生没有一个嫁不出去

前两天我看到一个帖子：《为什么说女生千万不要出国留学，怕你回国后嫁不出去》，这篇文章点击率很高，有很多人留言、点赞，表示赞同。

女生出国留学后为什么会嫁不出去呢？

文章里说："你考虑过以后没有？大学 4 年，国外留学又是几年，你的年龄直接奔四了，30 岁的年纪却连男朋友都没有，就非常容易嫁不出去。你可以说你不嫁人了，但是你父母却会逼着你……在传统风俗的影响下，你觉得可能吗？到最后只能找个你不喜欢的人嫁了，这也是女生千万不要出国留学的主要原因。"

然后，评论区里一片称赞声，大家纷纷表示"没毛病""就是这个道理", 甚至有人说, 有些女生就是好高骛远, 最后害了自己, 见过世面的女强人是没有人要的。评论区里互相点赞、握手, 一片祥和。

说实话, 我有点蒙。

我感觉像是穿越回古代了, 就差搬出"女子无才便是德"这一套了。

然后, 我想了想身边的女生。

我 24 岁的时候去了充满着真爱和自由、诗和远方的巴西, 认识了好多好多在路上的女生, 有在外交部、商务任职的, 有在华为、格力这些中资公司工作的, 也有在人民日报社、新华社做记者的。彼时我们都是单身, 一起工作, 一起玩耍, 一起旅行, 一起开车出去吃夜宵, 一起在深夜里喝酒弹吉他。

这些女孩没有一个人焦虑, 没有一个人彷徨, 她们都工作特别努力、用力地生活。她们坐凌晨的班机出差, 她们操着好几种语言和不同地方的客户谈判, 她们拉着的行李箱, 好像是长在身上的一个壳。

很少的行李, 利落的她们。

海外工作和生活其实是很艰辛的。在不那么发达的南美大陆, 适应生活已经相当不容易, 更不要说年轻的女孩们在这片土地上需要克服各种困难拼命工作了。

如果说国内女孩在职场上面临的问题已经让人焦头烂额，那么海外工作起码比前者困难 3 倍以上。

所以，这是一群要颜值有颜值，要能力有能力，并且心中还充满着无数浪漫主义的诗和远方的女生。如果没有那一点点年轻时候漂泊远方的洒脱和情怀，普通女生也很少会选择到南美洲工作。

我记得有一次在使馆的活动上，有一位使馆人员的家属，是位阿姨，问我多大了。当她听说我是 1988 年生人的时候，她整个人露出非常夸张的表情。总之所有的语言和神情都告诉我，1988 年的我还单身，肯定是要完蛋了。可是，彼时我才25 岁。

嗯，后来呢？我身边这些 1987 年、1988 年的女孩在拥抱过诗和远方之后，是不是都该走向孤独终老了呢？后来，虽然时间不尽相同，三五年的任期结束，大家纷纷卸任回国了。这两年，几乎每个月都有女孩要结婚或者生了孩子。

有女性朋友问我，为什么国内单身女生这么多？大家这么多年都待在国内依然找不到对象，然而你们驻外回来的姑娘却如此抢手，感觉你们无论在哪里工作的，好像不是已经结婚了，就是准备结婚了。

我常常提到的琳达，即将嫁给 IT 男孟老师。和我同一个站工作的同事 B 小姐刚刚办完了一场盛大的拉美风情的婚礼，连伴娘都是南美姑娘。以前一起玩耍的在巴西读研的女孩 Alice，昨天在朋友圈晒出了一张婚纱照，就在这条朋友圈下面，我看到我们驻阿根廷站的女记者发了一张领结婚证的照片，还配上了文字"Surprise"。

是啊，真的都是惊喜。

好像这些浪迹在天涯的女孩一回国瞬间就结婚了。这是为什么呢？我问过一个一起驻外的男生。

他说："你还相信女生会因为优秀而嫁不出去吗？别逗了！我们知道什么样的女孩要赶紧去追，什么样的女孩是天天相亲也找不到对象的剩女。你看看咱们一起驻外的那些姑娘，要长相有长相，要见识有见识，要能力有能力，要钱有钱，最重要的是还不矫情！

"想想你们坐在马路上就能写稿，再偏僻、荒无人烟的酒店也敢住，拿出睡袋在哪里都能睡一觉，第二天还能接着干活……比起动不动就累了，挑剔餐厅或者服务员，挑剔衣食住行的娇滴滴的女生，你们当然是奇货可居。"

哈哈！虽然我听着像在骂人，但仔细想想身边这些浪迹天涯的姑娘还真的是这么回事儿。

我觉得最重要的一点是，这些姑娘见过一个更大的世界，见过一个更广阔的天地，理解人与人之间有着巨大的差异，知道三观是如此不同以后，反而对身边的人，对周围的世界，对鸡毛蒜皮的琐事，有着极大的宽容度。

你见过最好的，反而不会斤斤计较。

你见过最好的，反而不会把自己太当回事儿，因为你知道任何人不过就是天地间的沧海一粟。

于小戈之前写过《女生到底会不会因为太优秀了，不将就，而嫁不出去？》。

她说："不会，当然不会。这个问题的关键根本不是优秀的女生到底嫁不嫁得出去，而是你误会自己了——你根本就不优秀啊！"

我问过很多男生，会不会因为女生的事业做得非常出色，然后就自卑不会去追？

他们纷纷坚定地摇头——如果她才貌双全，性格可爱，并且事业出色，这么好的女生不去追，难道留给别人吗？！

相反，那些成天纠结于女生是不是太优秀，男生就不喜欢了的女生，按照长辈说的生活的女生，成天埋头于如何取悦男人，沉浸于"男人喜欢你的 N 个表现"的女生，以及对男人有各种各样的奇葩要求、眼高手低的女生，才会在一次又一次的相亲中屡战屡败。

我身边有很多优秀又成功，浪迹过天涯，自由洒脱的可爱女生，她们真的没有一个愁嫁的。她们完全不会挑剔什么家世背景、学历职位、有钱没钱，因为她们自己什么都有了。这样的女生往往财务独立，有自己精彩的生活，事业上有志同道合的战友，结婚不是件什么多了不起的事儿。

如果你二十几岁的全部生活就是纠结于能不能顺利嫁出去，那才会真的要嫁不出去。

PART 2

————————————●

在任何一种生活里
活出光亮

不要用一种脾气处理工作和生活，生活里没有那么多结
果，它是缓缓的过程。

活出松弛感，才能活出自己真正想要的精彩

2019 年是我大学毕业的第 9 年。现在想来，这 9 年里，最焦虑的就是最初那几年。

就像是电影《少年班》里的一句台词："我像一只小羊，本来在羊群里活得好好的，却被送到狼窝里养。妈妈鼓励我说，要做一只有出息的狼，不要被其他小狼比下去。我不知道，我能不能成为一只狼。我只知道，从那时起，我再也不只是一只羊了。"

我还记得，毕业后不久的那次同学聚会，空气里都是焦虑的味道。虽然大家在不同的行业、不同的领域里工作，但是刚入职场那种如何才能在狼群中做一只有出息的狼的焦虑，简直都快要溢出来了。

大家表面上说着新工作，说着旧时的情谊，但每个人对于事业、爱情、房子、车子那种焦虑甚至可以说是恐惧全部写在脸上。好几次那些看上去热热闹闹、乐乐呵呵的玩笑飘到餐桌的上空，不知道怎么就凝固了起来，好几次大家陷入尴尬的沉默。

以前，大家虽然各自在不同的领域里，但看上去依然是盲目地朝着同一个目标，就是一定要跑到那个众人艳羡的金字塔塔尖，就好像去央视的一定要成为主播，去外交部的一定要在××岁之前成为最年轻的参赞。

毕业最初的那几年，"成为一只有出息的狼"变成了我们的魔咒。所有人都朝着同一个目标向前跑，没人顾得上想想自己合适不合适，也没人想过自己其实就想做一只羊。

毕业9年后，在30岁的这一年，我突然发现我和我的同学们有了一种前所未有的松弛感。

星小姐说，在央视上班整天日夜颠倒的，肠胃不好，内分泌紊乱，本来睡眠就不好，终于在2018年辞了职。"说到底，毕业的时候看重的是央视的光环，到头来却发现，央视最大的好是别人看上去挺好。其实，我自己一直都想当大学老师。"

星小姐果断辞职，去葡萄牙攻读硕士。

　　有的男生依然在欧洲当着外交官，奋斗在外交事业的最前线，也有女生从外交部辞职，做起了自己热爱的高端旅游业，还在南极办了婚礼。再没有人疯狂羡慕别人的人生，再没有人明明知道自己并不适合、不喜欢，也非要争先恐后地爬上那座金字塔塔尖。

　　因为9年以后的选择，大家终于放弃了做一只"看上去有出息的狼"，终于能够看清楚自己。

　　我突然理解了《我的前半生》里唐晶和罗子君互换的后半生。罗子君被形势所迫也好，唐晶自己主动选择也罢，其实她们都是突然放弃了在别人看上去光鲜的生活。当罗子君不再拥有别人都羡慕的"太太的人生"，唐晶不再觉得只有往前冲一条路时，也就有了这种松弛感，然后发现要真正开始活出自己的精彩。

　　知乎上有一个回答特别精彩：

　　"如果在截至目前的人生里，有什么是我认为我领悟到的最重要的事情，那就是人的生活就像投资品的价值一样，是存在均值回归的。那个均值，就是你内心最深处的冲动，是你真正的欲望，是你到底是一个什么样的人。"

　　我想，如果回到我刚毕业的2010年，也就是9年前，我是看不懂这其中的精彩的。而就在这一年，我身边多了很多女企业家、女性创业者，我变得前所未有的冷静、理智、客观，如果这 9 年的经历能够勉强浓缩为一个心得的话，对我来说应该是，**我越来越清晰地认识到，这世界上人和人之间是有能量区别的。**

王潇在《写在创业这一天》里说："有些人天生生物节律好，肠胃好，睡眠好，身体结实，这既是不可多得的生理条件，又可以熬傻和耗死很多对手。善于沟通、感染力强、心大、坚忍等都是创业里特别好的性能。"

创业是你本身就需要具备一些参加大逃杀的人格优势的。

这一年，我越来越清晰地认识到，这个世界那些最伟大的创始人，是经过自然筛选，优胜劣汰，先天能量很足的一群人。埃隆·马斯克（Elon Musk）耗掉全部身家在所不惜，非要发射重型运载火箭，装上他的红色特斯拉跑车，放着 space oddity，还要隔空喊话 "Of course，I'll still love you"。他自身的能量，远远超过我们普通人。

这个世界上，有人天生爱冒险，从古至今都是，他们不惧怕一切未知的东西，永远渴望迎接新的挑战。换句话说，一个本身水性不好的人，是不会动念头去成为什么航海家的。但如今，在创业创新好像是唯一的价值观面前，无论水性好不好，人都在往下跳，我觉得这就是完全不了解自己的能量。

有些人每天工作 10 个小时已经是极限，再超负荷身体就要垮掉，那他真的就不适合高风险、长时间的工作，也绝不适合创业。但这并不妨碍他具备其他的能量，他也许会是个绝好的乐评人，也许会是个味蕾极其发达的美食家。

其实，这个问题简单到——就像我们每个人跑 100 米所需要的时间是不同的，了解自己的能量究竟有多大，了解自己的能量究竟在哪个节点至关重要，而不是一味地要向前跑。

你要认清自己属于哪个舞台，
千万要守住

之前在浙江卫视担任主持人的温雅，是在中国传媒大学（以下简称中传）和我一届的同学。我记得她之前在博客上写过，毕业前我们当时的副院长对她说的话："你天生是属于舞台的人，再难都好，你也一定要留在台前。"

我在大一第一天报到时就认出了那个副院长。高三的时候参加中传的面试，她就是我面试那个房间里的面试官，也是她提问我英语，最后给了我一纸录取通知书。

她是个特别爱才的人。

应该只有电视人或者中传的人才知道，"留在台前"这四个字看起来轻巧，实践起来有多难。那一年与我一同进央视的，播音主持专业有 3 个人，都是男生，8 年后无一例外地辞职了，有人去做了公关，有人去了"四大"，谁都没有坚持在电视行业打拼，更不要提什么留在台前。

因为一路上会遇到很多的诱惑、困难、阻拦，有人一辈子都在做幕后编辑，直到退休都没能走到台前，也有人很轻易地就放弃了自己最初的梦想。

这么多年，外界对温雅褒贬不一。漂亮的女生往往有特别多的选择，我们上学的时候并不认识，但看到她如今依然在镜头前，我觉得这就是一种了不起的成就。很多人从一开始并不知道自己适合什么，所以一直在调整方向，这是正确的。你需要在不断的尝试中了解行业，也了解自己。如果你很幸运，一开始就认出了能让你发光的那条路，那么不管再难，也千万别放弃。

知道这个世界上有人天生跑 100 米就跑得比你快，有人天生就身体比你结实，你就知道这个世界上人和人之间的能量是不同的，你也不会再盲目地羡慕他人的人生。

在《我的前半生》中，罗子君和唐晶互换的后半生，并不是说谁好谁坏，而是彼此终于能够活出一种松弛感。

具备这种松弛感，才能让人走得更远。

重要的决定越来越多，可以给你出主意的人却越来越少

有一个师妹在纽约生活了很多年。她在纽约读了金融硕士，毕业后顺利地在华尔街找到了工作。即便拥有优渥的薪水和高品质的生活，工作了两年后，她却说，华尔街终究是一条很窄的街。

"是你们把它想得太宽了。"

我记得很多年前去纽约旅行的时候，作为游客，当然是要去"朝圣"一下著名的华尔街。我记得当初走到窄窄的街口，看到路牌写着"Wall Street"的时候，还真是有一点激动。原来这里就是在电视里经常看到的华尔街。我也不可免俗地在那头大金牛前留下了一张照片。我不炒股，也不盼什么牛市，但就是想和大金牛一起拍一张照片。所以，当师妹说"华尔街终

究是一条很窄的街"时，我并不同意。

虽然现实中它确实是一条窄窄的、宽 11 米的街，但它是世界经济的中心。直到如今，地位依旧举足轻重。

我对她说："因为你在华尔街工作，和世界的中心离得是那样近。"

师妹在华尔街做了两年金融老本行后，赚了一些钱，然后在众人的目瞪口呆中，一掷千金，重回学校。大家认为，需要"一掷千金"的学校不过是去读商学院。虽说有点贵，也是中规中矩的精英路线，但师妹的千金掷到了纽约电影学院。

周围所有人都说："你是做金融的，和创意毫无关系，甚至不客气地讲，你压根儿就没有电影人的脑回路。""你和数字打交道，而在二十几岁的尾巴，你却说你要转行做电影，且不说你放弃金融行业、放弃华尔街的工作是否值得，就没好好想想，做电影，你行吗？"

师妹充耳不闻，办好了离职手续，租了布鲁克林更便宜的公寓，铁了心和过去时不时在曼哈顿的酒吧里小酌一杯的生活告别。后来，我们看到她朋友圈里分享着一部又一部的冷门电影，看着她和满脸大胡子的中东导演合影，把她衬得越发娇小，看着她变成了一个又一个冷门博物馆的常客。她常常在我们的群里兴致勃勃地说着如今的生活，好像华尔街上班永远只穿黑白灰的她，突然在一瞬间被抹上了色彩。

过了很久，我小心翼翼地问她，为什么当初没有和任何人商量，就直截了当地选择了这条路呢？

师妹却问了我这样一个问题："过了25岁，你有没有发现，所谓重要的选择和所谓的人生大事越来越多，而我们可以与之商量的人却越来越少。有时候，甚至是没有人可以商量。"

是啊。

我们以前小学毕业上什么初中，中考以后上什么高中，高考填志愿选哪座城市里的哪所大学，也有分歧，但有一个普遍认为的"好的大方向"。那个时候，我们习惯于找人商量，我们和父母商量哪个城市对未来发展更好，就去哪里上大学；我们和师哥师姐商量哪个单位招实习生、哪个企业发展平台更好就去哪里投简历。

因为在25岁之前，好与不好几乎都有个明确的标准，而我们则是一张白纸，还没有完全形成自我意识。

但是，25岁以后……

"你看哪个优秀的女生成天婆婆妈妈的，和祥林嫂一样，到处去问别人的意见，和别人商量，到底自己该去哪个行业，到底自己该嫁给一个什么样的人？”

师妹说，这么多年，她最喜欢纽约的一点，就是这里有很多很酷的人。纽约和所有大城市一样，人与人之间保持着适当甚至冷漠的距离。毕竟纽约客不介意你到底是在研究外星人，还是想要拍一个耶路撒冷最偏僻村庄的纪录片。大家步履匆匆，各有各的生活，互相不打扰、不靠近，但你身在其中，就会发现这里每一个看似冷漠的姑娘，其实都迷人极了。

“曾经有一个日本女生，普林斯顿大学毕业，突然有一天对大家说，她要辞职了。她在欢送会上喝得微醺，告诉大家自己要去东南亚偏僻的乡村，做一个口述历史的研究。

“我永远记得那个日本女生突然告诉我们这个消息的样子，她是我们同一级分析师里最聪明、情商最高的一个，所有人都很看好她。然而，她就是这样突然潇洒地和我们告别了。

“没有婆婆妈妈，担忧以后怎么样，没有找任何人商量这个决定是否有风险，没有人来絮絮叨叨，和我们说未来要做的项目是多么有前景，或者多么热爱，就是一句‘再会’，摆摆手，后会有期了。”

这样的女生，活得太高级了。

女生天生就会思考很多，其实我们自己心里都明白，过了

25 岁，自己想要走一条什么样的路，和他人已经毫无关系了。父母也很难给出类似应该上哪个高中这种绝对正确的建议了。因为时代的大环境在变，我们内心真正渴望的东西在燃烧，而这一切，父母并不能感同身受。

那么，我们身边的朋友呢？其实，我们换哪个工作，究竟要嫁给谁，有哪一项是真正听从了朋友的建议？说到底，朋友、闺密都不是你，他们也许和你的成长背景相似，经历相似，但是终究要去往哪里，大家的目标并不一致。你永远无法让喜欢岁月静好的闺密大力支持你去漂泊天涯，也无法说服一个做生意的闺密认同你朝九晚五拿死工资就叫作稳定。

问来问去，只能成倍地增加自己的焦虑，而且吃相很难看。说真的，我没有见过任何一个不停地问周围人要不要辞职，或者到处和别人抱怨自己工作的人，最终真的做出改变。

她们就是日复一日地传递着负能量，瞻前顾后，犹豫要不要换工作，要不要结婚，要不要生二胎，说来说去就是这些问题，哪一项也没见搞得有多好，还把身边的亲友当负能量垃圾桶。

25 岁以后，我们要做的决定越来越多，也一个比一个重要，可以给你出主意的人却真的越来越少。因为世事好坏已经没有同一个标准，大家各自的成长背景、境遇、经历、眼界也是如此不同。要不要向前一步，要不要冒更大的风险，没有人可以给你一个完全准确的答案。

靠近又疏离，这是成年人的友谊。很长时间之前我已经不再给闺密出主意了，因为很多事情无法言说、无法评论，更无法知道她怎么样才能真正安乐自在。

我们越长大越会发现，没有绝对的正确，也没有确保无虞的康庄大道，每种生活都有代价。

可以给我们出主意的人越少，我们自己就越要有担当。做一个潇洒的姑娘，不婆婆妈妈，不碎嘴，不顾一切地去闯荡。

女神都不合群，只有小女生才结伴上厕所

一个女生对我说，公司同一个组一共有 4 个女生，其他 3 个人中午永远都是一起去吃午饭，无论是有人手头的 PPT 还差 20 分钟才能做完，还是有人开一上午会连口水都没喝，下午接着要见客户需要休息一会儿，姑娘们就是能做到吃饭、去茶水间倒水异常同步，甚至连上厕所都要一起去。

这个刚入职场的女生很困惑，自己究竟该不该加入这个小团体？如果加入，又觉得自己要完全和她们同步，有时候是在变相地浪费自己的时间；如果不加入，那么别人会不会觉得她很孤僻，不合群，连同一个组都不能融入。

这个问题我看过也就没在意，因为当时我想，姑娘也许刚入职场，和同事如何相处这件事，每个人都要经历，慢慢就懂了。

后来，后台几乎每隔几天就有人来问我类似的问题，情况和这个姑娘也类似，都是公司里午饭是不是应该和自己组里的几个同事一起吃，周末是不是还要去参加每天都相见的同事的饭局。

直到有一天，有一个姑娘问我："我如何才能不在自己的小圈子里，永远只认识周围这几个人？"我才发现，这是同一个问题，并且这个问题困扰着大家，很多人为此犹犹豫豫，勉勉强强，每天都在 Yes 和 No 中做选择。

好像从幼儿园开始，和谁一起玩儿，这件事儿就特别重要。班上总有几个小朋友一直能分到很高级的积木或是最好玩的玩具，而其他小朋友都希望能和他们一起玩耍。

后来上了小学，女生里神奇地开始流行一起去上厕所。这虽然真的很令人不解，但不可否认的是，这是从小学开始的"习惯"。很多女生一直到上了大学，甚至是工作以后，好像没人和她一起去上厕所，就感觉自己被这个世界抛弃了一样。

这简直是一种童年阴影。

我记得我上大学的时候，好像也一样。中午总得面临大家一起去食堂吃饭这件事，你会发现，同一个班总是被分成几个小群体，并且你必须加入其中一个。因为这样，才有人和你一起去吃午饭啊。

经常遇到的情况是，如果三个女生的小群体中有一个人要去上厕所，并要求其他人陪她一起去，然后这个小团体的人就会一起去上厕所，乃至一起去吃饭，一起回宿舍，一起打开电脑追同一部美剧。

也许大学的时候，大家在一个封闭的环境中，很害怕受到别人嘲笑，害怕别人说："你们班的×××，怎么总是自己一个人玩儿呢？"

我们学院有一个长得非常美艳的姑娘，只有上课时间能看到她出现在一群人中。即便是同学饭局，她也仅是偶尔参加。她要么一个人在食堂匆匆吃饭，要么匆匆走过宿舍走廊奔去下一个实习单位。她在所有人不合群的议论里，每天依然我行我素。

然而，在大学四年里，她主持了上百场活动，制作了上百期节目。当她站在舞台上接受掌声的时候，又有谁还记得当初的议论，又有谁还会笑她不合群、没人和她一起玩？

我驻外的时候，其实是在一个更封闭的环境里。我们站里的同事每天一起上班，一起吃饭，一起出差，也一起加班，一起熬夜编辑片子，我们几乎所有的时间都在一起。

我刚去拉丁美洲中心站的时候，简直惊呆了，这群几乎24小时都要在一起的同事，真的和军队一样，简直是战友。因为周末的时候，大家还要一起吃饭，一起爬山，一起踢足球。我为这样深厚的情谊感动，但也为圈子过于封闭而隐隐担忧。

于是我决定，周末的时候，一定要跨出自己同事的小圈子，走出去认识一些新朋友。在海外工作本来就是为了经历更多，为了体验最大化，如果我仅仅在自己的小圈子里过三年，是不是少了什么？

后来，我参加了好多的活动，认识了很多背景不同、经历不同、头衔不同，但有不同的故事的小伙伴。比如，有刚从伊拉克转到巴西的华为的小伙伴，与一群专注技术的理工男聊天，听上海姑娘讲她独自去南极的故事。这并不是教你如何拓展有效的人脉，而是让你自己的世界变得更大一些。

当我周围不再只有新闻圈、媒体圈小伙伴的时候，日子就变得更加丰富多彩了。当然，也会听到一些不和谐的声音。比如，为什么她和别人都这么熟？为什么她周末不和我们一起吃饭？但是，当我最后过完了一个丰富多彩的三年以后，谁又记得说过什么呢？

当你的世界变得更大、更丰富，当你有一天去开拓未来的时候，那些别人的质疑、嘲笑的目光，把你孤立起来的幼稚思维，又算得了什么呢？

　　但是你会说，别人认为你不合群的异样目光，真的能杀死人。我知道那种不得不合群的感受。你害怕说了一次"不"以后，别人就不带你玩儿了；你害怕没人再和你一起吃午饭，你得一个人去上自习，你得一个人过周末。其实，这并不可能。

　　你的世界怎么可能只有同宿舍的姐妹，只有同组的同事呢？

　　即使她们不再和你吃饭了，恰好你能认识别的系的新同学，每周一两天和别的同学、其他部门的同事一起吃饭，或许能沟通一下你并不知晓的事，哪怕就是八卦，换一拨人也能讲出一些新段子吧。

　　当你再回到你的小姐妹中间，也许你自己并不觉得，但她们一定会惊讶于你的变化。因为你走出了小圈子，认识了不同的朋友，你一定变得更加风趣幽默，变得更加见多识广，也一定更加迷人了。这样美好的你，别人抢着和你做朋友都来不及，当初那些所谓的嘲笑和质疑，也就早已消失在风中。

　　我是一个特别爱自由的人，我觉得一起上厕所这种活动小时候玩玩也就罢了，长大以后，这简直是直接关系到自由意志，关系到自己宝贵的时间，也关系到别人宝贵的时间。陪别人去上厕所的时间，干点什么不好？

长大以后你会发现，比起别人怎么看你这件事，浪费时间才更罪孽深重。你越长大就觉得时间越宝贵，还有书要念，还有实习要做，还有新朋友要认识，还有梦想要实现，还有世界要看，哪有时间陪别人上厕所？

那些牛人已经连睡觉的时间都没有了，而你却还在陪别人上厕所……

真正在努力的人都很沉默

以前我在上海参加"Pre-职场 48 小时"的校园公益活动时，认识了很多各行各业优秀的女老板。有白手起家，自己做两家公司的女企业家，有跨国公司年轻的女高管，有貌美又努力、正能量爆棚的企业家二代，也有 30 岁不到就成为合伙人的资深女律师，等等。

当然，还有英俊潇洒、吸粉无数的男导师，有砸了一个多亿追求心底自由的数学家、技术大牛，更有会唱会跳、活跃全场氛围的资深 HR 高管。

我坐在台下听，觉得很恍惚。有一秒钟，我觉得好像回到了我大学的时候，而台上这些一个个灵魂都在发光的导师，是我自己 20 岁出头的时候想要变成的模样。每次参加和学生一起的活动，校园签售也好，讲座分享也好，我都看到了 10 年前的自己。

我自己 20 岁的时候，拼命想变成这些女高管的模样，想变成这些海报里的人。我 30 岁的这一年，台下的小朋友对我说："晴悦姐，你就是我未来想要成为的人。"

我听得诚惶诚恐。

大多数人都把表达焦虑错当成了努力，但你要知道，努力其实是一件很沉默的事

两天，48 个小时，我和这些层层选拔出来的女大学生同吃同住。她们问我各种各样的问题，关于职场，关于梦想，关于未来生活的模样。

我当时有一种非常强烈的感觉，大家都太焦虑了，害怕时光流逝，自己一事无成；更害怕时光走过，别人都远远地跑在前面，只剩下自己一事无成。每个人都说着自己成长里的困惑和烦恼，其实大部分是纯粹的焦虑。大多数人只是沉浸在害怕和焦虑里，并不是真的想要去改变。大多数人以为自己是真的想要改变，其实只想表达自己的焦虑和不安。

因为表达焦虑是最容易的，而改变则最难。

我们都错把焦虑当作了努力，我们以为自己足够焦虑了，我们足够想要变好了，我们就认为自己已经真的在努力了。

龙哥发过一条微博："你们每天的私信我都看，@ 我的也都看，今天想认真地说两句：你不要总是那么绝望好吗？一次挫折就站不起来了，一次失恋就不相信爱情了，别人笑话你就不坚持了，经受一点痛苦就绝望了……拜托，你这才哪儿到哪儿啊？日子还长呢！以后你就会明白，孤独和无助的日子是常态，你总要学会一个人坚强地长大。"

我对这段话有很深的共鸣。一个人坚强，一个人努力，甚至一个人吃饭，一个人走路，这才是常态啊！

那次的活动有一个环节叫作"失败之夜"。这些闪闪发光的高管分享了自己的失败经历，会跳舞的资深 HR 高管说着自己从法国到中国那些自以为接近成功的时刻，却经历了排山倒海般的挫败，但又在自以为再也看不到希望的时刻，打开一个新的世界。

"失败之夜"上，每一个人的故事都很个性。但你会发现，每一个美得发光的高管，都独自熬过曾经以为看不到希望的漫漫长夜。他们没有抱怨，没有表达焦虑，也没有如祥林嫂般哭诉。因为他们深知表达焦虑是一种内耗，甚至很多时候，在表达焦虑的过程中，误以为自己已经很努力了。

但，努力其实是一件很沉默的事情。

"青春本身就是疼的，谁也跑不掉。"每一个后来发光的人，都在这样的疼痛里做着最沉默的努力。

因为喊疼并没有用。

即便青春注定是疼痛的，
也一定要拼命留下一点珍贵的回忆

我之前和一群 30 多岁的导师交流，讨论社会认可层面的值与不值。我过了 30 岁才明白，如果非要从社会认可和自我认可里二选一，那么我应该会果断地选择并坚持自我认可。

"没白过"的青春，是你自己觉得没白过，而不是社会认可层面的"别人觉得你没白过"。如果青春只剩下焦虑、迷茫，如果青春散场，都不曾留下一点珍贵的回忆，才是最大的不值。

前几个月，有一个闺密过了 30 岁的生日。我们问她有什么感受，她说好像回忆起来，二十几岁的这 10 年都在学习和工作。她对我说："你的青春能说出这么多的故事和人，并且这些人依然鲜活地跳动在彼此的过去和现在，这才是拥有青春的感觉，你们可以称为青春，而我想不出任何回忆。"

资深 HR 高管在"失败之夜"的分享会上，又是跳舞又是说笑，说起自己在大学里追女生失败的故事，随意拍出来都是一部偶像剧。不到 30 岁的律所合伙人竟然玩《恋与制作人》，但说起背后的商业逻辑毫不含糊。

和头衔无关，和薪水无关，你会发现，任何一个优秀的人，他们首先是真真实实而且有趣的人，绝不是在苦哈哈的生命里只知道奋斗和沉浸在焦虑里的机器。

我上一本书的编辑小航，就是那位辞职信里写下"梦想可以有很多，但爱的人只有一个，我要回家找她了"的编辑，在半年之后，和他的女友分手了。你看，或许这才是真实的青春和生活吧！现实里奇迹很少，也没有童话故事，每个人都疼痛不已，生活却依然继续。

如果青春注定是疼痛的，我们就更要在疼痛里寻找最快乐的回忆。既然焦虑没有用，努力是一件很沉默的事情，那么，我们沉默地努力，肆意地欢笑，不负青春，不白活这一场。

"只有青山藏在白云间。"

如何在任何一种生活里活出光亮

在苏州过年的 7 天，我真的什么事情都没有做，就是跟着大家吃年夜饭，然后和爸妈一起挨个儿给爷爷奶奶、七大姑八大姨拜年。再说得明白一点，就是我没有做日常和自己有关的任何事情。

比如，我没有打开每天的日程本子，看任何与工作有关的报告、计划、数据；和朋友的饭局都约到了初七以后的工作日；没有健身，没有阅读，没有写作。也就是说，在等吃年夜饭的时候，我就是在单纯地等，甚至没玩手机；在去不熟的亲戚家拜年的时候，我认真听每一个人说话。

7 天里，我没有碎片时间，我在认真地享受整个假期，又或者说，我在"浪费"大把大把的时间。以前的我，应该是无法忍受这样松散、快乐且无所事事的生活的。因为好像任何一点时间，我都必须拿出来做一点事情。

我平时好像必须听着"得到"，煮着咖啡，才能开始一天的生活。但过年的这 7 天，我发现，这是不对的。

我们应该能接受任何一种生活方式，能在任何一种生活里活出光亮。

日常以外的生活，
要过得热气腾腾、幸福美满

这些年来，我认识的都是同一种人，和我一样的同类。我们都太依赖于自己的习惯并且以近乎偏执的形式生活着，就像我醒来必须一边听着"得到"一边洗脸刷牙，同时完成日常的护肤步骤。

早餐必须是全麦面包、牛奶、鸡蛋，这是我自己的早饭，我真的可以 365 天都吃同一个牌子的面包、鸡蛋和牛奶。

这样的习惯好像能给我安全感。上班路上，我也必须在车里戴着耳机听新闻、股票信息、行业资讯；一到公司就翻开日程本子，开始高效的一天。

这些年养成的习惯，与其说是给我带来了高效的人生，不如说带来了实实在在的安全感。好像只有这样的日程安排，我才觉得工作、身体、灵魂上的很多习惯和执念，掌握在自己手里。

但其实生活本来的模样不是这样的。

家里有很多琐碎的事情，比如，随时会接到妈妈的一个电话，让我下楼帮忙搬一盆金橘树；或者和兄弟姐妹一起吃饭、唱歌，参与这种一大家子人的集体活动。因此商量时间、地点是浩大的工程，来来回回可以商量一下午的时间。

我和顾小姐说，好像家里人的事情没有"事先约好"这一说。我们家和几家长辈计划大年初一要一起去拜年，但是直到大年夜晚上，大家依然没有商量好到底几点钟去。但是最后，这些事都办成了。

聚会依然如期，拜年不会耽误，大家好像在这些我以为的"浪费"沟通成本里完成了很多情感的联络，说说笑笑，你来我往，这些事不管以什么方式最终总能办成。

就像我问："到底几点钟吃年夜饭？""那应该几点钟去？""去早了这些时间要干什么呢？"

没有干什么。

等待吃年夜饭的时候，不干什么，就是享受等待。

和我以为还是婴儿，其实已经在读五年级的小侄子聊聊天；

和我以为还年富力强，其实却已经退休好几年的姨夫说说家常。
我印象里大舅舅确实到了退休的年纪，但其实他已经 70 岁了。
在过去的 10 年里，他自学评弹，给其他人看手机里和票友一起
弹唱的视频，我却有点想掉眼泪，因为印象里他还在各地出差，
没想到一晃，他都已经退休 10 年了。

　　等待本身不是浪费时间。因为时间走得太快了，只有等待
的时刻才能让你停下来，看看你自己日程安排之外，别人热气
腾腾的生活。

不要用一种脾气处理工作和生活，
生活里没有那么多结果，它是缓缓的过程

　　年前，我情绪很不好，顾小姐正儿八经地对我说："你处
理生活和工作要分开，不要用同一种脾气。生活是缓缓的过程，
那个过程就是生活本身。"

　　"工作上，你追求效率，结果、关键绩效指标（KPI）是
商业社会的法则。但是，生活没有那么多结果，好的、坏的都有，
过程就是生活本身。"

　　"生活没有那么多结果"，我被这句话触动了。

年前，我翻出近几年的日程本子和助理说，我真的是一个把每个哪怕朋友之间的约会都提前做计划的人。这个月要和哪些人联络感情，统统写在一个叫作"饭局计划"的项目里。

我抱着我的日程本子，像是抱着我的人生一样在生活。但如今，我慢慢习惯了家人之间没有那么多到底约哪天、到底几点钟的生活方式。比如，过年前，我问爸妈哪天去爬山，或者明天要不要去爬山，他们都说"明天起来再看"。我都不知道这有什么可再看的，哈哈。

大年初二，苏州天气特别好，气温都有十几摄氏度。然后，我们就欢天喜地去爬山了。

家人就是明明约好去唱歌，可吃完晚饭发现还是去看电影吧，然后又开开心心去看电影了，没有那么多几点钟、在哪里的计划。家人就是随便几点钟，起床以后再决定，偶尔忘记了爽约也完全没有芥蒂。

这和生活本身是一样的——没有一定要几点钟、在哪里的计划，没有一顿饭非要聊什么话题。

吃一顿饭是生活，看一场电影是生活，那些我们感受过的温暖、付出过的真心、给予过的安慰，这些过程都是生活。

我们都在各自的维度里，按照自以为最完美的日程安排生活着。

其实，过年的时候，我终于想通了一件事。

家里有孩子小升初，家长能说出各个学校的分数线，细数各个学校的名师名班，甚至近几年中考的情况。而不在这个圈子里的人，包括在北上广的单身女青年、退休的长辈，以及家里有高考孩子的家长，甚至都不知道中考满分现在是多少。

我们都在各自的维度里，把各自维度里重要的事情看得比天还大。

比如，你的孩子今天高考，在你看来这一天是生命里最重要的一天。其实，这个地球上，甚至考场隔壁的菜市场里，阿姨们依然为了几毛钱菜钱和小贩讨价还价；医院里有为了刚出生婴儿激动万分的年轻父母，也有在 ICU 苦苦挣扎，还想再看一眼儿女的老人。有人在这一天刚登上珠峰；有人在这一天，在江南的小宅院里安静地画一幅素描。这一天对其他人来说，都是普通的一天。

这些人也都不知道现在高考满分是几分，要考多少分才能去 "985" "211" 大学，城里哪所高中教学质量最好，哪个地段的学区房卖得最贵。

你明白了吗？其实，你大可不必执着于某一种生活或是某一个执念，也不必执着于某一天、某一个错误的决定、某一种特定的活法。你生活里天大的事儿，其实跳出来，跑到别人的日常里看一看，也许根本就不是个事儿。

我们要能接受任何一种生活，在任何一种生活里活出光亮。

和你们共勉。

出发去远行，才能回归自己

我有一个姐姐最近在非洲旅行。她在朋友圈发的照片，有在坦桑尼亚和衣衫褴褛却笑容灿烂的小男孩一起踢足球的，有在尼日利亚和街头的乐队一起表演一种当地特有的打击乐的，有在几内亚比绍和失联已久的大学同学静静地看一望无际的大西洋的。

旅途中，她给我发了一张图片，还有寥寥数语。

"遥远西非的大西洋，渺无人烟。和海相比，我终于发现自己原先的愁是多么浅，而那些爱是多么深。"

她在北京漂泊 10 年，单身，独居。她也交过几个男朋友，他们都在某种程度上不满足世俗的眼光。

其中有一个是创业公司的男生，她陪他白手起家，租房子，吃泡面。后来，男生的公司终于有了起色，拿到融资，快要上市了。再后来，就是你们知道的那个俗套的剧情。在那个他功成名就的时刻，身旁站的女生已经不是她了。

她还和一个传说中应该远离的凤凰男交往过。她说自己从来没有想到他们家一贫如洗，即便这样，她也丝毫没有嫌弃。然而，你们知道的，那个男生自卑、多疑，一句话说得不对他就大发脾气，说她高高在上，说她嫌贫爱富。后来，凤凰男找了一个低到尘埃里的小女孩，终于找到了自信和被崇拜的虚荣心，头也不回地就离开了她。

她就是那种"不听父母话，吃亏在眼前"的现实版，并且毫无例外地都"失败"了。后来的日子，用她的话来说，30 多岁的人生，她都在相亲。她试图找一个在众人眼里合适、踏实、本分、敦厚的男生，然后安稳过一生。

对于爱情、婚姻、男人，她陷入一种极度悲观的状态。

我认识很多这样的女生。年轻的时候，她们不顾一切地去爱，撞得头破血流以后，悲观绝望，怀疑一切。很多这样的女生，后来却再也走不出自己设置的死局，郁郁寡欢，往往工作也是一蹶不振，好像从此人生就从彩色变成了灰色，并且自己再也没有力气让它变回去了。

再后来，这个姐姐在一次漫长的非洲旅行之后，和我们分享了她的看法。

"其实，过去的那些人，至少在那个当下，在那些时刻，我是深爱他们的。这话一点也不丢人。对于过往，也不会因为后来种种狗血的剧情而气急败坏，丧失信心。这些人，渣男也好，真爱也罢，我感激他们的出现，让我深爱过，也知道了什么是爱。在我走过了这么漫长的一趟旅行之后，我才终于放下。"

她说，她看到坦桑尼亚的小男孩衣服那么破了，还在踢一个更破的皮球，脸上却依然阳光灿烂。他们告诉她，因为他们热爱足球，因为爱。

她看到塞内加尔的妇女们用一块彩色的布包裹自己，从头巾到裙子好像都是一块布，没有设计，也没有剪裁，但她们每天精心挑选，在镜子前面照了又照。

她们告诉她，对非洲妇女而言，这块布意义重大。从前，她们用它传输信息，布料上面的图案代表着很多不同的意思；她们用这些布料传递情感，用它们表达爱。她们摊开家里的一块块彩色的布，丝毫没有觉得这不是华服。她们说，每一块布都有故事，都装载着她们对于家人、对于朋友的爱。

她看到大学毕业后已经几乎失联的同学，守着几内亚比绍——这个全球最贫穷的国家之一，一待就是 4 年。他和家人分隔，和女友分手，依然坚守着外交官的岗位。他对她说，他心中还有梦，这是他的理想。他对祖国、对这个世界有着大爱。

当你亲眼看到这些迥然不同的生活，看到旅途中这些形形色色的生活方式、这些大小不一却赤诚的爱，你再回头看看自己以前的那些哀愁、那些你纠结的小情小爱，实在渺小。

"你非但不会执着于过去那些得失，反而会觉得，不管结局如何，自己已经是那个足够幸运的女孩。因为我至少深爱过，也感受过被爱，并且这个世界还有很多很多值得我们去爱的人和事。"

是啊，还能够用力去爱，就已经是这个世界上非常幸运的女孩了。

有很多人问我，经常旅行的女生有什么不同？也有很多人写过这个话题，大多是说差别在于心胸，在于眼界，在于某些见地之类的。

我当然同意，但是不仅如此。在我心里，旅行和不旅行的女生，差别在于一种大爱。

我见过很多固守在自己小圈子里的女生，做事束手束脚，经常患得患失。她们会听所有人的意见，却忽略了自己内心的想法。而当生活无情地给予一个小挫折的时候，她们轻易就会被打败，从而心灰意冷。比如，被上司说了几句或者失恋了，再或者做了一个错误的决定。

人在一个特别狭窄的空间里，就会死死盯着里面唯一的那一点点果实，一旦失去，便觉得天都要塌下来了。当你时不时能够走出自己固有的圈子，能够把自己放到天地之间，背上一点点行囊，迈出旅行的第一步，那么从那一刻开始，你就会发现其实世界如此之大，活法如此之多，还有那么多美景，还有那么多有趣的人，而自己那些芝麻大的麻烦又算得了什么。

知乎上有一个问题：去过 100 个以上的国家是种什么样的体验？有一个答案令我印象深刻。

"懂得了这世界上没有所谓天然和绝对正确，能够接受别人有不同的三观以及其衍生出来的思考方式。"

其实，你接受了别人不同的活法，让自己不再执着于眼前的得失，不再执着于别人眼中的看法，就是放过了自己。这种思维模式的转变，会让你自己的心灵得到释放。

有一个 30 岁的女生去旅行，环绕了半个地球，回来就说了一句话："真的，我觉得活着就好，这已经是世界上最幸运的事情了。"

倒不是旅途经历了多少坎坷，而是当你看过世界以后，看过那些贫穷富裕，看过那些千山万水，看过那些万家灯火，你才会格外珍惜自己眼下的生活。就像你每天待在家里，很容易对父母厌烦，和他们吵架。而如果你时不时出发又归来，那么你反而会更珍惜和他们相处的时间。

我记得有这么一段话：

"你可以想一想，我们有多少次抬头看过蓝天白云，多少次注视过月亮的阴晴圆缺，多少次在黑夜里数过天上的星星，多少次听过雨点落在屋顶上的声音。如果没有，美丽的大自然于你而言是不存在的。

"你有没有读过让自己感动的故事；有没有朗诵过让自己流泪的诗歌；有没有学会动人的歌曲，哪怕只对自己唱；有没有写过真情文章，哪怕只让自己欣赏。如果没有，深刻的人类感情于你而言是不存在的。"

我特别羡慕那些在旅途中能够玩儿得尽兴，对酒当歌的姑娘。因为我知道，正是这些寻常生活里没有的桥段，正是这些旅途中唱过的歌、念过的诗甚至流过的泪，让她们重新充满了电，满血复活，勇敢面对平凡生活里的挑战，让她们还能够拥有平凡生活里的英雄梦想。

愿我们都能够装载对于生活本身以及这个世界的大爱，义无反顾地踏上一次又一次的旅途。愿我们可以在无数个归途中，无憾地过好自己精彩而充实的一生。

PART 3

那些出色
却深藏不露的年轻人

只有心里装着宏大的远方，你才可以不比较、不回头、
不听身边的任何质疑和嘲讽，才可以忍受眼下任何一种生活。

为什么大多数女生只是好看，却不迷人

有一个相亲无数次的男生和我吐槽："你们女生真的都是一个模子里刻出来的，好像是收到了一本什么指南一样——买风格差不多的衣服，做相似的发型，化无比精致的妆容……每个女孩都很好看，但就像是婚纱照里的新娘，几乎都长成了一个模样。每个来相亲的姑娘，都是日常版的婚纱照女孩。"

我被这样的说法逗笑了。他还不依不饶地和我强调了一万遍："她们真的都很好看，也确实精心打扮过，但她们真的长得一样，你懂我的意思吗？"

笑了半天，我是明白的。其实不是长相，也不是穿着，不要说普通女孩，现在连女明星都"长得"一模一样，观众甚至辨认不出她们的脸。一样的人设、一样的模样，说着得体的话，

露出得体的笑容，分寸感恰到好处，像是 AI 设计出来的，经过精准比对后，成为最容易受欢迎的模样。

他接着说："然后，她们追一样的剧，烤一样的蛋糕，去一样的网红餐厅打卡，去一样的地方旅行，45 度角自拍出一样的照片，发的朋友圈也千篇一律，如果不是名字不同，你甚至以为她们是同一个人。"

这么一说，我倒是也替女生抱不平。我们已经用尽全力坚持每天护肤，我们找各种由头充实自己，跑步、瑜伽、油画、烘焙，我们关注各类时尚博主，好不容易才琢磨出了应季的流行趋势，好不容易才捯饬成这般模样，却被直男说成"千篇一律"。

"大多数女生只是好看，却不迷人。"

虽然我听到他说这句话的时候，内心翻了无数个白眼，想说"男生都成仙了吗？竟然还能盛气凌人地这么评价女生"，但我其实被这句话触动了。

我倒不是迎合直男审美，而是在想，很多时候，我们女生确实好像抱着一本《完美女生养成指南》在生活，照着里面的一条条"指标"在努力，然后我们美得千篇一律。别人在健身，我们也去健身；别人爱上了烘焙，我们也烤蛋糕；我们学着一个又一个别人，模仿一个又一个形式上的仪式感。

除了朋友圈晒蛋糕或者涂油画这些事，大多数人说不出任何西方艺术史，即便跑到了多瑙河边，耳边也无法响起相关的音乐。

"只是为了发一个朋友圈，然后变成了朋友圈里千篇一律的女生。"

到底还有没有迷人的姑娘？到底有没有那种与众不同，举手投足都散发着自己独特气息的迷人姑娘？

有。

我一瞬间就想起了 Cat 姐。

几个月前，我们在上海参加一个活动。Cat 姐在台上分享故事的时候，我两眼放光，因为我很久都没有看到这样一开口浑身都在发光的女生了，也很久没有听到那么真实、动人并让人震撼的故事了。

Cat 姐的头衔是这么写的："跑族"创始人。7 天跑完七大洲 7 个马拉松长跑的世界纪录拥有者。乍一看，你会误以为她可能是个运动员，哈哈。

她定居香港，是一个律师，毕业于北京大学法律系，曾任美国某知名律师事务所亚太地区管理合伙人。曾经连续 6 年荣登英国 IAM300（全球 300 名杰出知识产权策略专家）榜，在知识产权法方面有很多学术成就，并且出版过英文的法律专著。

随便一条就已经是非常夺目的职业履历了，但这些都是她的平常，不需要写在"头衔"里。

那次活动上，她讲述了自己的故事。她穿着平底鞋、黑色西裤，上衣是一件不怎么搭，甚至看起来有些过时的红色西服。她说，这是 20 年前在美国刚做律师的时候买的西装，自己很喜欢，也很有意义。能穿上 20 年前的衣服，她也很开心。

其实，稍微了解 7 天七大洲完成 7 个马拉松长跑的人便知道，这样一个比赛，是非常有钱、有时间、有体力的人才会去参加的，较为成功的企业家不一定能行，因为他们太忙了。

有钱，有时间，满世界跑步，满世界训练，还得身体好，跑得动马拉松。

那天，Cat 姐用一根最普通的红色头绳把头发随意绑起来，脸上没有一丝不苟的妆容，也没有名牌包包。她是早早财务自由的女生，却穿 20 年前的衣服，坐在台下普通得让人一眼都不会注意，但当她站起来开始讲话的时候，整个屋子都在发光。

她讲了从美国到中国香港的工作，做律师、做合伙人的经历，和北大毕业的先生生了 5 个孩子。没错，她是 5 个孩子的妈妈。她说自己三十几岁才开始跑马拉松，还给我们看那些视频、影像记录，说着那些沙漠里跑步的同伴，还有冰天雪地里的故事。她还说了那些家长里短，如小儿子做了模型来分析世界杯谁会获胜，和先生这么多年如何各自忙碌却互相扶持。

一个女人之所以迷人，是因为她有故事可以说。无论是惊心动魄，还是温柔岁月，她可以说出自己的故事，包括每一个年龄段，每一个节点，每一处去过的地方，每一个风景里的人，而不是"不过就是工作、睡觉、追剧、淘宝、化妆、自拍"这种一年说起来就像是同一天的生活。

"30 岁以后的人，会渐渐长成她的灵魂的样子。"

我自己有时候一个人逛街，走在路上会悄悄留意如今的女生。毫不夸张地说，现在真的没有不好看的女生了。这些美之于皮囊，怎么护肤，怎么穿衣打扮，甚至怎么好看、得体地微笑，我们早就已经烂熟于心了。但美之于骨，又或者说迷人，是要有你的灵魂的模样。

一个肤浅的女生，只知道追剧、自拍又或者买买买，皮囊再好看都是不可能变得迷人的。

我印象最深的就是 Cat 姐说，她这个 7 天七大洲的马拉松长跑吉尼斯世界纪录很难被人打破，当然她非常希望有人能打破。"可以满世界跑马拉松比赛，确实得有钱、有时间、有体力，而这个纪录是我和我先生一起打破的，是两个人的吉尼斯世界纪录，所以还有一个条件，就是你们还要相爱。"

那一刻，你一点也不会觉得她炫富或者傲娇，因为这一切都是她和她老公一起努力得到的，而这个世界上财务自由的有钱人太多了，并不是所有人都有这个时间和精力及身体素质，跑完这个包括南极、北极的马拉松比赛。最后，Cat 姐说，这必须是两个人一起才能破的纪录。

"你们还要相爱"，我真的特别特别感动，太迷人了。

这哪里只是一个吉尼斯世界纪录，这是她迷人的人生故事。前半生的拼搏奋斗，事业、5 个孩子和相爱的先生，日复一日，坚持不懈地锻炼，在各大洲留下的脚印，不是那些拍照发朋友圈的旅行打卡，而是她自己风景里的往事。

你再看她的模样，真的是一个很普通的人，没有精致的妆容，没有考究的套装、高跟鞋，不需要名牌包包傍身，可她站在台上却照亮了整个屋子的女生。再去看那些五官精致、妆容一丝不苟的"婚纱照般的美女"，你就会知道，原来我们很多时候对于"美"、对于"迷人"好像是努力错了方向。

后来，我一直记得 Cat 姐说话的那个画面，我想要成为那样迷人的姑娘。

你要记住，**迷人的姑娘，一定是有故事可以说的。**

好的人生，也是一样。

和你们共勉。

你一定要和重情重义的人做朋友

长大以后，我们对这个世界充满了"钝感"。

"在北京，交换过名片就算认识。一年能打几个电话就算至交。如果还有人愿意从城东跑到城西，和你吃一顿不谈事的饭，就可以说是生死之交了。至于那些天天见面，天天聚在一起吃午饭的，只能是同事。"

好像对任何事，我们都不再有强烈的表达欲望，好像没有非做不可的事，也没有非见不可的人。

我在朋友圈发了一张和保利诺教授在北京吃饭的照片，评论区里有人说："你都离开3年了，怎么这些巴西人来北京，还是会跟你第一时间相见？"

我一时语塞。

对我来说，很多人都是隔着千山万水也要去相见的人。

我自己的手机很多年前就一直开通国际长途，离开巴西 3 年还没有来得及再回去，有时候想起来会给费尔南多打个电话，就是用手机直接拨，每次拨 55（巴西国别号）、11（圣保罗区号）都感觉特别亲切。倒是保利诺教授每年都要来北京开会，已经见了两次。

我是一个把朋友看得很重的人。因为我知道，那些年我一无所有、一事无成的时刻，以及那些艰难的路，是他们陪着我走过的。

我和保利诺教授一起商量吃晚饭时得知，他要坐第二天早上的飞机。他像个小朋友一样说，吃了这么多天中餐，能不能晚上一起吃个比萨。我们点了最保守的玛格丽特比萨，我嘲笑他为什么不尝尝我们中国特有的小龙虾比萨、宫保鸡丁比萨，等等。

他一脸严肃地和我说："我还记得你刚到巴西的第二天，我带你吃的第一顿饭，就是中餐。那一年，你只有 24 岁。"

然后，真的是满满的回忆。我刚到圣保罗时，哪条路都不认识，他带我吃了很多很多顿饭，从圣保罗到里约热内卢再到巴西利亚。我到陌生的城市出差，他有时候也正好出差，只要我和他在同一个城市出差,一定会被他拉出来吃饭。他说,我不希望你在我们的国家感觉到任何孤单。

后来,我在书里写,保利诺教授是一个很好的人,我找不出任何词来形容他。他在我心里就是这样,真的是很好很好的人。

我记得很清楚,某次,我在巴西利亚出差,与他吃饭时说和男朋友分手了。他说,我们总是会遇到这些让我们难过的事情,你要把面向过去的那扇门永远关好。

再后来,我和他还有体育部部长一起周末看球、喝酒、吃饭,我们度过了很多很多个周末。

前天他问我,最怀念巴西什么?

我以前会说,是真爱和自由。现在我会说,我最怀念的是巴西人。对于一个国家、一座城市、生活过的地方,我们留下的几乎所有的回忆,其实都和人有关。

然而如今,我们好像一直被灌输的是"地球少了谁都会一直转""没有不能失去的人""也没有非要在一起不可的人"。话是没错,但是这些生活里打磨出来的"钝感",让我们失去了很多情感以及表达情感的快乐。

如果真的没有非见不可的人,我们的生活会多么无聊和悲哀。我一直觉得,生命里那些让我们最珍惜的时刻,那些热泪盈眶的体验，那些依依不舍的告别，都是一个人情感最珍贵的部分。

保利诺教授说，后来，轮换的驻外记者或者其他机构的小伙伴，再也没有像跟我这样还保持这么好的私人关系，再也没有人在离开以后，还和他们分享往后生命里的悲喜。

我给他寄去我的书，给他发我全国签售的照片，他拿着照片给其他同人看，他说："你能相信吗？这是我们以前一起玩耍的小女孩。"他也和我说，他那个和我差不多年龄的女儿快要结婚了，他会飞到美国参加她的婚礼。她和之前的印度男朋友分手了，之后找了一个美国男生……我们聊的就是这些琐碎细小的事情。

我们依然在分享各自生命里的重要时刻。

巴西人表达情感热烈且真挚。保利诺教授说："你走以后，我们都特别特别想念你，我们去拐角的那家意大利餐厅吃饭的时候，每次都会想起你最爱吃那家的墨鱼汁意大利面。你知道吗？你走以后，那家意大利餐厅的食物都没有以前好吃了，但我们还是经常去吃。"

我也会和他说："你们是我生命里非常非常重要的人，没有你们，就没有今天的我。"

在我看来，人和人之间需要这些很直白的情感表达，我们需要说出对彼此的想念和感激，我们需要表达自己的情感，我们需要时时让自己的"钝感"没有那么强，对这个世界和生命里的情感有所感知，做一个温柔而又热烈的人。

我们更加珍惜生活里的美好，不再有那么多抱怨和漠然。

和保利诺教授吃饭的这天晚上，我收到小航的微信，他突然发来长长的句子，这里都有些写不下。

"晴悦姐，今天是《二十几岁，没有十年》上市一周年的日子。我昨天记得好好的，结果晚上八点半才到家，直接躺床上睡着了。这一年，从这本书上市开始，然后到前几天在你的读者群里分享结束，时间过得好快。我至今还记得刚上市时，看着那些当当网上的数据激动得流出泪来。同事和我说这是那一段时间卖得最好的书，我就特别骄傲。我离开北京也快一年了，这一年经历了太多太多。我一直感激你，也一直记得你在天津那场活动结束后跟我推心置腹说的那些话。我的天，突然发现咱们认识都快3年了，已经快占到我人生的1/9了。缘分就是我那天一路奔跑一路吐，然后在最后一分钟赶上去天津的高铁；缘分就是我觉得虽然离开了北京，即使遥远，现在也希望以后依然可以与你们合拍。以上，纪念上市一周年。"

他已经不再是我新书的编辑，甚至不在这个行业了，却惦念着我们合作的书上市一周年的日子。晚上，我一个人看着发亮的手机屏幕，觉得自己为什么这么幸运，身边都是如此重情重义的朋友。

我给他回复的微信仍是我一贯的风格。我说："你说得这么感人是要干什么？"

但我心里想，我们真的需要热烈地表达这些情感。我们需要在想念一个人的时候告诉他，我们很想他；在真心感谢一个人的时候，告诉对方，他在我们生命中的位置；在深爱一个人的时候告诉他，我们真的热烈而深爱着他。

我们需要表达和接收这些丰富的情感。

因为人的一生大概有 3 万天，有人与我们萍水相逢，却在我们生命里留下痕迹，给过我们希望和爱的这些人，我们要尤为珍惜。其实，所有的名利物质，我们统统都带不走，但这些情感、这些爱却永远地刻在了我们的生命里。

这些应该可以用那句话概括："我们无法证明爱的存在，但我们却能够感受到爱。"

年轻人需要怎样的社交圈

我特别喜欢认识新朋友，总觉得认识新的朋友，接触新的领域，永远有说不完的新鲜话题。朋友们说着各自行业的趣事，也有不同的穿衣打扮。在这些新朋友的聚会中，我会有很多启发，小到她那条好看的毛衣是哪里买的，大到请教一下在业界颇有研究的朋友，关于行业内未来的发展趋势和变数。

那样的场景，那样的聊天，让人对未来充满信心和希望，有一种向前看的生机勃勃的感觉。因为过去二十几年，你走过的路、读过的书、经历过的事，让你变成你今天的样子，包括容貌、谈吐和你站在众人面前的样子。所以，你才会与眼前这些有着相似经历、相似学识、相似生活品位的新朋友一见如故。

我们彼此都修炼了二十几年，才能像如今这样坐在一起喝下午茶，相谈甚欢。

很多人都说，工作以后，很难认识交心的朋友了。我并不同意。我觉得实质是，交朋友这件事，对你个人素质的要求越来越高了。能够见到有趣的新朋友并与之相谈甚欢，然后成为交心的密友，这是三个不同的步骤，或者说是不同的门槛。

跨越这三道门槛，在成年人的世界里，难度太大了。因为双方势均力敌，棋逢对手，才有了那句话——"英雄惜英雄"。

我们不再是小朋友，不是今天这个小朋友给我一个苹果，我就手拉手和她是最好的朋友。我们变成了无聊的大人，大人的世界里充满着算计，充满着猜疑和自保，也充满着各种圈子和门槛。

第一道门槛叫"见到有趣的新朋友"。

很多女生都问我，为什么自己的社交圈那么窄，好像数来数去从小到大只有那么几个朋友。以前一起上学考试，现在一起逛街吃喝，10年过去了，身边好像就是那么几个人，聊着老掉牙的话题。我每次都会问她们同样的问题：

"这么多年，你有什么变化呢？你除了男神从金秀贤换成了宋仲基，又从胡歌换到了王凯，还有什么别的新鲜事吗？"

你每天上着单调重复的班，从来没想去深入研究自己所在的行业动向，难得被领导叫去参加行业内会议交流，还要抱怨占据了休息时间，会上全程低头刷着手机。你的生活也是百无聊赖，没有兴趣，没有爱好，回家就是叫外卖、追剧。

对于大部分人来说，"见到有趣的新朋友"这个门槛就无法跨过。他们不仅仅无法见到有趣的人，甚至都没有可能见到人交谈几句，更不要提能够见到有趣的新朋友。

有一个词语叫作"出席率"，你必须走出去站在人群中，你被看见和看见别人的机会才能增加，你才有可能至少做到第一步"见到"。你愿意走出去，仪态大方，妆容得体，这本身就释放了一个信号，表示你是一个积极向上、生机勃勃的姑娘。这些是拥有高质量社交所需要具备的基本素质。

我记得我刚去巴西的时候，一个朋友也没有。我就是笃信，自己必须走出去，提高"出席率"，让别人看到，才可能有新的朋友。

刚到那里的一两个月，我几乎参加了所有中资企业和当地留学生的聚会。作为一个初来者，作为一个局外人，我不停地自我介绍和被介绍。现在想想，当时挺傻的，一把年纪还在做着自我介绍，但我却感激这样被看见、被认识的机会。然后，我才有了往后的 3 年里和他们一起疯一起笑，一起弹吉他歌唱到深夜，一起眉头紧锁担忧着未来。

这样的友谊一直持续到今天，我在微信上和"L 总"说，我们都已经认识 5 年了，当年一起庆祝驻外一周年的情景还在眼前。

第二道门槛，叫作"与之相谈甚欢"。这就是文章开头提到的"我们彼此都修炼了二十几年，才能像如今这样坐在一起喝下午茶，相谈甚欢"。你见到有趣的新朋友——无论见到的是膜拜已久的行业大佬，还是资深护肤美妆达人，微博上一搜，都是有几十万名粉丝的红人。那么，你凭什么让别人喜欢你，愿意和你做朋友呢？

一个人的气质是这么多年来的沉淀，临时抱不了佛脚。你的气质里，藏着你走过的路、读过的书，说白了，就是实力。

我第一次见到 Aline 是在上海饭店，她说话的语气，举手投足间的气质，聊天有内容、有深度，不刻意、不谄媚，有礼貌地亲近，又恰到好处地保持距离感，让我一顿饭下来就认定和这个姑娘意气相投，一定会是闺密。

所以，第二道门槛，能够与之相谈甚欢，关乎你自己究竟是不是一个有趣的人。这就是很多人所说的你即使加了牛人的微信，也无法和他成为朋友的原因。说到底，成年人的社交讲究的是棋逢对手。

现在大家都挺忙的，没有人有时间来手把手教你如何在这个世界上生存，我们都只是在寻找势均力敌的同行者，携手共进。我喜欢这个词语——"修炼"。高质量社交的本质，不是你去要一张又一张的名片，而是你在日复一日的平常里要修炼好"内功"。

第三道门槛，叫作"成为交心的密友"。

增强自己的实力，修炼好内功，说到底还是一个技术层面的活儿。比如说，即使我们在绘画上都有所造诣，或者都是行业内最优秀的人才，但我们还是有可能无法成为交心的密友。

因为最后这道门槛关于气度。同行相轻太普遍了，不是两个在行业内出色的人就一定能成为朋友。但你要记住，真正优秀的人都虚怀若谷，不恃才傲物，不孤芳自赏，他们都有着强烈的好奇心和求知欲。

你要有最大气量，才能够交到最优秀的朋友。那些见不得朋友、闺密比自己强的人，注定无法获得高质量的友谊。

我并不赞同所谓的"圈子不同，不必强融"。我始终觉得，一个 20 多岁的姑娘，人生才刚刚起步，其实根本就还没有什么圈子可言。去认识、去探究、去尝试、去发现一个个圈子，是你最基础的社交活动。

有位前辈老师对我说过，30 岁之前你需要最大限度地去主动认识别人，去用力靠近那个你想成为的人。通常等到你足够牛，等到你 30 岁之后，就应该是别人前仆后继地想要用力来认识你。

我为此践行了 10 年。

圈子就是一个人的未来，对于女生尤其如此。千万别每天缩在家里计较长短，却以为这就是人生的全部。你在 20 多岁以后社交圈的质量如何，直接关乎你的眼界、格局、审美、生活质量，还有内心的充实程度。

骑最快的马，爬最高的山，喝最烈的酒，和最好的朋友在山顶干杯。

那些出色却深藏不露的年轻人

快过年的时候，大家都在往回飞，我看到婷姐的朋友圈，知道她在新加坡、上海，最后又定位在了旧金山。

我身边有太多女性朋友都是这样，没有时差，没有休息，落地就进办公室或者和客户开会，在深夜还直接向中国总部无缝对接汇报工作。我身边这样的姑娘大多美艳而骄傲，玲珑却疏离，是你一眼就能看出与众不同的女生，她们在人群中孤傲而耀眼。

我自己在媒体圈很多年，媒体圈里的女生大多数是那种一群人中间永远闪闪发光的那一个，漂亮、风趣、能说会道，一个人就能出一台春晚。可能媒体圈属性本是如此，主持人、记者也好，在甲方公司品牌部的也好，在乙方公关公司的也罢，总之你一眼就能看出来，她们是那种引人注目的女孩。

有时候我们都会自嘲。如果一群人聚会，你一眼就能看出来哪个姑娘是中传的，因为中传给媒体人的印象太深了。我们好像从大一开始就知道如何引人注目，即使没有光亮，自己也要成为那个光源。

我身边还藏着太多非常出色却深藏不露的女生。她们看起来普普通通，却又在每一个意想不到的节点上，让人对她们刮目相看。

婷姐是一个投资人。和婷姐认识，在微信上说的第一句话是"咱不谈工作，没意思"。寥寥几个字，简单的介绍。

她说的第二句话就是，"推荐一个很酷的姐妹给你认识，'首饰届的霸道女总裁'"。将我拉进了群，我们交流了20分钟，就谈好了一个合作项目。

这个说着"不谈工作"的人，在20分钟里就促成了一个"三赢"的合作项目。我们三个女生此前完全没见过，互相加微信才十几分钟。那一次我就觉得，婷姐是有一点与众不同，她不是第一次见面就热情洋溢地套近乎，一口一个"亲爱的"那种人，也不是把自己履历一摆，想要谈合作的霸道女总裁范儿。

她就是简简单单地把手里有的资源拿出来帮助了彼此三个

人，没有半句废话，而且最重要的是，她对他人有着天生的信任。

有一个高管叔叔曾经对我说："晴悦，你身上最大的优点，就是对于他人有一种天生的盲目信任。这不是缺点，恰恰是你经历过这么多事，见过这么多不同的人，还能拥有这样的品质，是绝对难能可贵的。这个优点，好好揣着，别丢了。"

所以，我也尤其珍惜这种萍水相逢的女孩对我无条件的信任和惺惺相惜。后来，在 SPO 的年度论坛上，我第一次见到了婷姐本人。她没有让人一眼就能认出的绝世容颜，但是她大方的仪态，笑起来就是个 20 岁出头的姑娘，在人群中认不出来，却也淹没不了。

在化妆间里，我们拥抱问候，都没有半句寒暄。婷姐说："晴悦，我怕一会儿找不到你了，我要和你说 3 件事情……"然后，化妆师在帮我夹着头发，她在 5 分钟里逻辑清晰、语速极快地说了她对于内容生态的看法，还说了她有一个"萌基金"，问我是否有时间和复旦 MBA 学生做一场交流，以及约时间交流出版行业的信息。

又是短短 5 分钟，涉及 3 个行业，预约了两个饭局。她从来都没有夸张地介绍自己，但其实她有资本，可以介绍自己一个小时。

我和她熟了以后才知道，她是香港大学工商管理学硕士毕业，现在是阿里巴巴投资机构的著名投资人——每天工作十几个小时，频繁出差看项目的女投资人。她还是一个做公益一口气坚持了9年的人，现在还担任复旦大学教育发展基金会常务理事的职务。

一起参加活动的人云集化妆间，有的在谈论大数据，有的在谈论商业模式，有的在聊品牌和合作，她自己明明有很多可以谈的，毕竟她对于消费领域有着很深的见解，然而她没有加入这些话题，而是主动走过去和一旁被冷落的女孩聊天。聊女生穿的衣服、用的护肤品，然后一起哈哈大笑。她明明非常健谈，知识面非常宽广，好像眼睛都会说话，却默默在台下东奔西走，和一个个许久未见的女生闲聊家常。

我见惯了天生就属于舞台、站在台上发光发热的女生，却由衷喜欢这些其实非常出色却深藏不露，永远在背后默默帮助别人的女生。这样的女生，生活中其实特别特别多。

饭局中，她们不是那个说话最多的，却细心地帮大家布菜，提醒服务员加水，关注着饭桌上每一个人的表情，会及时和落单的女生说话，会时不时抛出一个别人感兴趣的话题，好让那个在饭桌上说话最少的女生也能够参与到聊天中。

在有很多陌生人的聚会中，她们不忙着自我介绍，而是主动把第一次来参加聚会的朋友介绍给大家，主动聊对方所在领域的话题，好让大家迅速熟悉起来。

你发现了吗？几乎每一个公司都有这样善解人意的女生，她们知道你第一天来，会主动邀请你加入她的午餐小组，不为了拉拢，不为了讨好，只是因为她们感同身受，每个人都经历过新加入一个陌生组织的尴尬。

这些女生虽然不是什么大美女，但有一个算一个，她们其实原本都可以做饭桌上、话题中的中心，但她们知道收敛光芒，她们懂得克制。

在别人争先恐后、跃跃欲试地想成为聚光灯下的焦点时，她们却云淡风轻，早已看透一切，反而能够坦然做自己。最优秀、最有魅力的女生是什么样？一定不是最漂亮、艳冠群芳的。她们一定读过很多的书，去过很远的地方，有着良好的谈吐，同时有着绝佳的同理心。她们的光芒透过皮囊，耀眼但绝不刺眼。

婷姐一年看无数个项目，自己晒出的滴滴企业版出行全年共 85 次，想想一年只有 52 周，她几乎每周都在外奔波劳碌。她自嘲地说："9 月，我自己竟然出行了 34 次，是一天一差的节奏？我自己都忙忘了。"

她其实非常厉害，非常出色，却深藏不露。

我问她，如何默默地吃得了这些苦，打得了这些仗，还能够做到云淡风轻？

她说："你自己要清楚眼前的名利和攀比，既不是终点，也不是目标，所以何来招摇？你终究应该成为的是那种心里装着无限愿景的女生。只有心里装着宏大的远方，你才可以不比较、不回头、不听身边的任何质疑和嘲讽，才可以忍受眼下任何一种生活。你要知道，那些非常出色却深藏不露的女生，只是看起来和你并无二样，但她们心里都装着一个远方。"

你美好了，生活才会赐予你更好的

去太原参加琳达的婚礼，我在微博上发了照片并配了文字："过去的很多年，和这个女生一起熬夜编片，一起在马德里累得昏迷，一起大笑过也崩溃过，一起迷茫得看不到未来，也曾一起在保利斯塔迎接新的一年。感激这些年的深情厚谊！亲爱的琳达，新婚快乐，新生活加油！"

然后，读者纷纷评论："哇，是书里面的琳达，你们一起在冰川徒步。祝福小姐姐新婚快乐。"

"原来这就是晴悦姐姐一直提到的琳达，她结婚了啊，真好。"

…………

9月，一整个月我忙到几乎说不动话，十一回家后，我还是飞到太原参加琳达的婚礼。身体疲惫的我几乎在太原就没有出过酒店，但琳达的婚礼于我而言是一件很重要、很正式的事情，像是我们呼啸青春里程碑式的节点。

顾小姐陪我去买了珑骧（Longchamp）的包包，送给琳达作为结婚礼物。顾小姐说："这么大，你还要拿上飞机，多麻烦。"她还有没说出来的话——其实这个包又不值什么钱，这么兴师动众，有什么必要呢？

嗯，顾小姐是懂我的，对于像我这样出差一整个月都可以只带一个登机箱的女生，多拿任何东西都是累赘，又是何必呢？

婚礼前一天，在酒店送给琳达，她拆到一半，盒子还没有打开便说："我知道是什么了，是我们在巴西想买的那个包包！"

过去的很多年，我、琳达还有四克，在我们二十五六岁的时候，每天的焦虑指数简直爆表，我们看似做着手头一个又一个片子，内心却是前所未有地迷茫、惶恐和不安。

现在想来，当年的那些不安，简直就是清清楚楚地写在我们脸上，写在当时还算胶原蛋白饱满的额头上。那时，我们脸上长满了痘痘，以至于现在看着脸上还未褪去的痘印，都能一秒脑补当年的那些焦虑和着急。

我们焦虑当时的工作看上去很美好，但不知道未来在哪里。

我们焦虑自己除了会写新闻稿之外，好像并没有什么拿得出手的技能。我们甚至偷偷看网上的那些招聘信息，看着那些招聘需求后再对照着自己，然后发现自己除了大学本科毕业以外，好像是什么也不会，一无所有。

几乎我们每一个人都是这样。我们不知道目前从事的这份工作有没有前途，有没有未来。

我们不知道自己租住在大城市的这样一个小角落，看似平稳有时也热闹的生活，什么时候才有一个归宿。其实，我们每一个人走在北上广深，又或者走在纽约、东京的夜色里，都不知道自己未来的事业会是什么样，未来的另一半又会在哪里。

我们每一个人都是这样彷徨而迷惘。

你们能感同身受吗？就是有一些时刻，你对于未来的焦虑和恐慌已经到达了一个峰值，以至于你即使逛街也心不在焉，就是买个包包都无法治愈你的那些时刻。

我有一次在朋友圈里写："包包、鞋子什么都不想买，这种人生肯定是哪里不对。"结果闺密们纷纷在下面评论，她们说她们能懂。当包包、鞋子这些都无法令我们开心的时候，说明我们已经陷入了一个绝对的低潮期。

我记得那时我和琳达在异国的街上百无聊赖地闲逛，然后走到 Longchamp 的店里，随手拿起一个包包摆弄，竟意外地发现包包还不错，是一个方方正正的黑色款，拿在手里感觉整个人都好像提了气。然后，琳达泄气地说："背着这个包包的感觉就像是有一份特别有希望、有热爱、有前途的工作，而我们对于工作前途、未来迷茫成这样，我们的状态配不上这个包包。"

"等我们有一天开始全新的生活，我们就来买这个包包。"

那天的对话我至今记忆犹新，我发现眼前的迷局不是一个包包就能够破解的，或者说，迷局当前，一个包包是断然无法让自己开始新生活的。

后来呢？

后来在跨年夜的时候，我们在琳达家喝完了一瓶红酒，叫作"la linda"。那瓶红酒是琳达某次出差的时候在机场看到的，和她同名，于是买下来，跨年夜拿出来和我们一起分享了。

在每一个迷茫喝酒的晚上，在我们独居异乡，在我们时不时从别人那里听说前男友结婚了的时刻，我们也曾经怀疑自己，是不是我们天生要强，天生适合流浪，天生就不具备幸福的能力？是不是我们在体制内的单位工作，我们就注定要按部就班地生活，注定跟不上这个互联网飞速发展的时代？是不是我们即便 20 年以后，也还在这里做着同样的事情？

　　究竟什么样的女生才能够收获真正的幸福，她们究竟具备什么样的终极素质，好让她们在二十几岁的时候，如此顺利地工作、恋爱、结婚、生子？

　　很多年以后，我才明白，那个当年我们都陷入一些寻找的怪圈，有很多东西并不是找来的。

　　《欲望都市》里有一集，凯莉说："我们在大城市里永远都在找三样东西，找工作，找房子，找老公。"放到了 20 年之后的今天，这句话依然适用。我们之所以迷茫、焦虑不安，之所以陷入这么长时间的低谷期，原因在于，其实这些东西是找不来的。我们永远也无法通过寻找，来找到工作、找到房子和找到老公。

　　你不具备实力，简历苍白一片，即便自己跑断腿，参加所有的招聘会，也找不到满意的工作。你薪水低得可怜，每月交完房租就基本没钱了。你自己的生活一地鸡毛，住在不喜欢的城市里，做着不喜欢的工作，却试图通过一个男人来拯救自己的命运，应该也是找不到的。

　　后来，我们终于懂得和这些焦虑的情绪握手言和，不是说放弃了，而是我们知道一味地寻找这些东西，是不可能得到的。

我们终于懂得，把所有的时间都浪费在抱怨工作无聊、好男人太少上，才是最大的不值。

真正看上去拥有一切的幸福女人，比我们多的其实只有一项——她们有强大的执行力。对工作不满意，就努力充电，让自己增值，然后换一个方向；暂时没有合适的对象，就努力过好眼下的生活，把那些用来抱怨"好男人都死光了"的时间用来旅行、读书，身体和心灵至少有一个在路上。

这些年，我对这句话笃信无疑：你美好了，生活才会赐予你更好的。

琳达参加中国人民大学 MBA 的开学典礼时，兴奋地说她的新同学有各自不同的背景，各自有着全然不同的生活，我看到她眼睛里闪烁的光芒。

一个女生只有不再浪费时间自我消耗，不再在低谷时自怨自艾，或者不再毫无目的地寻找一切时，只有开始懂得生活里的变化和惊喜，全然依靠自己强大的执行力时，在不知道要做什么，眼下并不如愿的时候，都能够选择用力奔跑，才会过上自己想要的、真正幸福的生活。

当你美好了，你想要的工作、老公、房子，以及理想的生活状态，也就通通拥有了。那时，你神采飞扬地化好精致的妆容，背上你喜欢的包包，穿上高跟鞋，因为你心里清楚地知道，这么美好的自己能够到任何一个想去的地方，过自己想过的任何一种生活。否则，深陷于那些寻找的怪圈，那些华服、包包都是枉然。

毕竟，找是找不到你想要的未来的。

你要有多少个支点，才撑得起有光的生活

　　经常有新认识的小女孩对我说，很羡慕我的生活。看我热闹无比的朋友圈，生活里有出席不完的活动，去不同的地方，见不完的新朋友。我认识了很多年的闺密们大多安顿下来，有家庭要照料，有孩子要接送。她们也会说"好羡慕你的生活"，她们说自己365天如一日地在疲于奔命，我说我也一样。

　　她们说："不，不一样。你在精彩地活着。"

　　我的助理可能是最了解我的。她们和我一起工作以后，大概一点也不羡慕我的生活了。她们再也不问我去哪里吃饭，去哪里旅行，因为大多数的时候，她们看到的都是我一个人在安静地工作和生活。

　　哪有什么精彩地活着？很长一段时间，我身边单身的女孩

抱怨一个人生活单调无聊，有家庭、有孩子的闺密抱怨生活被琐事填满，然而无论我是在浪迹天涯，还是辛苦创业，大家都会跑来说羡慕我的生活。

一个女孩究竟需要多少个支点，才能撑得起有光的生活？

姚小姐和我是很多年的朋友，她是做金融行业的。

前两年，她一直在纠结要不要辞职换工作，要不要读研究生。我就很纳闷儿，因为客观来说，她的工作真的还不错，收入高，压力也没那么大，就是上升空间稍微小一些。但比起市场上大多数工作来说，她的工作已经是非常令人满意了。

我能理解身边所有人都纠结于工作不开心，唯独她，我老说她"有这么非换不可吗，都不懂你在焦虑什么"。起初，她拿一些诸如"学不到新的东西"之类的理由搪塞我，后来有一次，她默默说了这么一句话：

"再过两年我就30岁了，自己一直单身倒是没什么问题，但是30岁，事业或者婚姻，总得有一项拿得出手吧。"

后来，我把她的话转述给身边比我年纪小的朋友们听，大家纷纷点头表示赞同："反正，我们可以不恋爱，不结婚，但一定要有自己喜欢的事业。或者，我可以接受事业平平，但起码要先嫁了人、生了娃。"

一个 90 后的小姑娘是这么说的："人生总得有一个支点，好让我们赖以生存、安慰自己，然后活下去。"

不，其实正因为我们只盯着一个支点，才抱怨我们的生活暗淡无光。单身的人抱怨只有工作，已婚的人抱怨只有孩子。我们——尤其是女生，需要很多很多个支点，才能撑得起有光的生活。

我观察身边很多我认为很发光的女生，无不印证着这个道理。

我在朋友圈看到 Elena 正襟危坐，在摆放着两国小国旗的会议桌前签合同的照片。我看到照片的那个瞬间，有点想哭。两国小国旗、谈判桌，曾经二十几岁的她是令人羡慕的女外交官。这次，她是代表她自己的公司和巴拿马旅游局签下合作协议。

同样的场景，同样的外事活动，如今她只代表自己。这个跨越有多难，有多少汗水、努力和不被理解，只有懂的人才知道。

我之前在上海出差，她在上海参加一个展会。我和她匆匆在 Wagas 一边吃饭一边聊天。我迟到了一会儿，她直接说："我实在太饿了，就先吃了。"我们彼此都没有介意。她说到从外交部辞职的压力，说到自己作为创始人给自己降薪就为了给一起创业的小伙伴们更好的收入，她回着邮件，恨不得把电脑拿出来一边写邮件一边和我吃饭聊天。

我震惊于她的努力，但她却不是只爱拼命工作的女生。

以前我不认识她的时候，喜欢看她在博客上写穷游的游记。我在拉丁美洲的时候，甚至到一个新的地方出差，也会去看她的游记，看她去过的餐厅和拍下的照片。

她热爱旅途和摄影。她拍下阿塔卡马沙漠的漫天繁星，她在拉丁美洲的日落里写下这样的句子：

"最喜欢看落日，无论多么复杂的情绪，都浓缩在一个浑圆的球体里沉入大海，一了百了。你问我最爱拉丁美洲什么，其实不是天堂，而是太阳，包容下那些不完美，随着漫天火烧云消失殆尽后，每一天能有一个安静的结尾，第二天有一个美好的开始。"

那些高密度的电话会议、电子邮件，甚至和我吃饭都是见缝插针地在聊天的她，在旅途中却是另一番模样，不是发朋友圈晒一切旅途，而是留下她的脚印、往事、回忆的旅途。

很多人热爱旅行，但你要知道，我说的旅行绝不是疯狂打卡网红景点的那种旅行。打卡旅游并不是一个支点——和三五个友人一起也可以，独自前往也可以，就是为了一抹落日、几丝光亮，得以照亮我们平庸生活的旅行，才是支点。

Elena 说:"其实到 30 岁这个年纪才懂支点是什么。不是天时、地利、人和,不是一群人热热闹闹去做事情,而是哪怕只有你一个人,哪怕条件再苦再难,哪怕真的没有时间,哪怕损失一个重要的合同,一个人也要去完成自己热爱的那件事。然后你会看到,我哪里只是工作、旅行,偶尔还会去给其他高级外事活动当个主持人,还会讨论一下哥伦比亚的艺术,不只是《百年孤独》……"

当一个女生的生活变得立体,不是因为外界有趣,也不是用丰富的生活去填充自己的时间,而是因为她自己找到了这些支点,撑得起有光的生活。

工作暂时陷入困局破解不了,她有很多个其他的支点,就像为什么全职主妇的不安全感那么强烈,那是因为她们人生的支点在别人身上。

如果你只能通过别人带来快乐,那么这些快乐注定是不长久的。

我有时候会说,年轻的小女孩其实并不知道自己需要什么样的爱情,她们以为"他爱我""他对我好"就是爱情。其实,这些都是别人的行为给你带来的快乐,而缺乏安全感才是根源问题。

长大以后你慢慢会懂，连爱情里的快乐也是这样。如果你爱上的是他这个人，爱上他坚强、勇敢、乐观、豁达，你才会有持久的快乐。

健身的时候，教练一直说，做任何动作都要学会使用自己的核心力量。

其实，我们的人生也是如此。工作也好，婚姻也罢，我们不依靠任何单一的支点活着，我们不眼巴巴地盼着一个支点撬起整个地球。我们最需要的是自己给人生建立起强大的核心。

无论外界怎么变，无论眼下你从事的是什么工作、住在哪座城市，无论你是单身还是已婚，都需要先建立起自己的核心，其中包含很多很多个只有你自己才懂的支点。

这样的女孩，才撑得起有光的生活。

否则，即使表面光鲜亮丽，内心也溃不成军。

我要的自由和爱，大于山川湖海

有一次，我和豆豆一起喝下午茶。她去新公司面试完，我在搬家的间隙里，匆忙出来聊了一个小时。

她是我堂姐。有一个年纪差不多的堂姐是一件很开心的事。我们共同经历了彼此几乎所有的重要时刻，一起学说话，一起学走路，一起学骑自行车，一起中考，一起高考，一起上大学，一起找工作，也曾经一起迷茫地不知道未来在哪里。然后就说起，其实毕业过后，我们两个都有好几段空白的时间。

最早是 2012 年，我在等台里的公务签证，之前的工作交接了，签证迟迟没有下来，好几个月并没有很具体的事情。我对于远方、理想和自己到底想要过什么样的生活一片茫然。我只知道，我想要离开北京。

彼时，豆豆刚从美国毕业回来，一时还没有找到特别喜欢的工作，于是就在家里待了很长时间。再后来，2015年我卸任回国，豆豆说要去新加坡工作一年。2016年，我从央视辞职，她从新加坡的公司辞职回国。

我们聊天时，我突然就在想，其实，人生需要很多空白的时间。每一次迷茫、每一次辞职、每一段空白时间，每个人都是完全没想好下一步要怎么样，要往哪里走。但正是这些在别人看来很空白的时间，却给了我们莫大的勇气，正是在这些空白日子里，那些漫长的等待和忍耐，让我们看清了自己想要的究竟是什么。

很忙碌的时候，我们每个人都是看不清楚自己的。我们以为，只要有钱、有时间，就能逛街到天荒地老，就能周游世界，获得巨大的满足。我们还以为，如今过的生活自己并不是非常满意，只是因为我们太忙了或者没有钱。其实，这个世界上的问题，以及我们的内心都变幻莫测，根本不是解决了忙、解决了钱就能舒坦的。

豆豆是外企的财务经理，过去的一年里超级忙碌，忙到一家人一起吃饭，吃到一半突然有事，就要立刻和美国那边开电话会议。上个月她辞职了，想换个工作方向。以她的能力和资历，不愁找不到新工作。我们以为她会休息一两个月再开始重新找工作。然而，她辞职的第二周就跑到美国考了注册会计师，从美国回来后，只休息了两天就开始面试新工作。

我问她："你不就是想换个节奏来工作和生活吗？依然这样马不停蹄，还不如别换了。"

"正是我辞职后去美国考完试空白的这几天，我终于知道，我根本不想过什么信用卡随便刷，成天逛街、喝下午茶的生活。"

她逛了一天街，就立刻意识到，如果要永远这样逛下去，不愁钱也不缺时间的生活根本就不是她想要的。

我们都只是在忙碌的时候想，要是能财务自由，要是能满世界旅游，要是能随便买买买，就好了。但其实，这些只是我们在忙碌时的念想而已。

辞职后空白的几天、几周乃至几个月，是非常珍贵的时间。豆豆可能需要短短几天空白的时间就看清楚了自己在过去那样的忙碌里，收获的不仅仅是职位和薪水。

"女人想要的，真的不仅仅是可以随心所欲地买买买，不仅仅是家庭里老公的疼爱和孩子的乖顺。那些忙碌到昏天黑地的日子，那些煎熬和隐忍的匍匐前行，为的真的不仅仅是一份工作而已。"

　　"你应该在更高的社会层面上获得欣赏、被爱、成就感和自由。"

　　有一年在北京，我和李开复老师的前助理 Kira 匆匆约了见面的时间和地点。她要来北京，我要去上海，时间都对不上，Kira 说要在北京南站一起吃个早饭。说实话，这样的约见模式，我已经非常确信她是一个热爱工作的人。

　　我们约在星巴克，一边吃早饭，一边以最快的语速分享着彼此的生活。

　　Kira 以前是广州电视台的主持人，辞了这么好的工作，为了要去伦敦念书。当然，女生凑在一起，尤其是彼此惺惺相惜的女生，一定会交换对爱情、婚姻的看法。她说，当时锦衣玉食的生活、稳定的感情，总令人心里发慌，有点害怕，你懂吗？

　　我太懂了。

　　然后，她就头也不回地去了英国，和比自己小很多的同学一起上课、写作业。

　　其实，我后来在高铁上偷偷看了她的微博，有她在电视台的状态，有她在图书馆写作业的模样，有她偶尔写下的一些一秒钟的怀疑和无数个小时在给自己打鸡血的模样。

　　我知道，这是她的空白时间。不是说无所事事便叫作空白时间，而是我们总需要一段时间去看清自己内心的渴望，去看清自己认知里的世界是不是我们喜欢的模样。调整认知，看清自己，我们才能够重新出发。

后来 Kira 回国，这个广东女孩又执意来北京工作。在"创新工场"做公关，给李开复老师做助理。她和我说，她现在自己创业，做一个复古服装的品牌，我完全没有感到诧异。

这些姑娘在马不停蹄地变换方向，豆豆也好，Kira 也好，其实她们不过是在属于自己的空白时间里想清楚了理想和现实，想清楚了困难和野心，想清楚了外界的压力和自我的满足，然后终于明白，一个女生并不是仅仅在一个家庭里被爱、衣食无忧，就是一切。

我们努力不仅是为了钱或假期，还有这些珍贵的空白时间，会让你更清晰地看到前进的方向。

愿你也有自己的空白时间，在这些空白时间里收获理想，还有爱。

PART 4

如何
让生活崩塌得慢一点

30 岁的时候，不再害怕十字路口，只要自己坚信所做
的是对的，怎么选都会有收获。

下一个人生阶段，请你继续不甘心

我看到央视五套的一个技术老师发的朋友圈："生活就是一个 4 年接着一个 4 年。到 2022 年世界杯结束，我就 50 岁了。"

我和这个老师在 2014 年世界杯的时候一起工作过，他是央视五套负责技术转播的老师。后来，我回到台里的时候，有一次我路过 38 楼咖啡厅，看到他正和年轻的同事开会，说着欧洲赛事的转播情况。

对于记者行业的人来说，青春、梦想、职业生活真的就是用"4 年"来标记的。你问他们何时进入这个行业，何时认识第二个女朋友，何时生了第一个孩子，何时在雀跃中确认这是一辈子干的事业，他们都会用"4 年"来回答你。

他会说，是意大利夺冠的那个夏天，他刚入台，那时自己还是青春逼人的大学生，刚刚学会用编辑机，剪了人生第一条新闻。

她会说，里约热内卢的基督像印上了德国的红黑条，那一年她第一次参加世界杯报道，在央视五套奋斗了快 10 年，那一年她终于实现了自己的职业理想。

也有人会说，最怀念巴西队有罗纳尔多、里瓦尔多、罗纳尔迪尼奥的那个时代，彼时他刚上大学，生活全部都是新的，他以为的未来是他可以去任何地方，成为任何人。

朋友对我说："世界杯决赛已经不再是简单的一场赛事，而是一个时刻，一个回忆的节点。我到现在依然会很清楚地记得 2006 年、2010 年、2014 年夏天那些美好和难过的事。我们的人生是一条单行道，而这些节点就是道路上特殊的标志牌，记录着我们走过的日子，等下一次回忆的时候，一定会成为时光中的一部分。"

于是，我想，决赛结束了，2018 年俄罗斯世界杯一个月的狂欢结束了，对我自己来说，也是一个 4 年的告别，是具有里程碑意义的告别。

这个 4 年，从巴西世界杯结束的那一刻到俄罗斯世界杯开幕的这一刻，我从 26 岁到 30 岁，无论从哪个维度来看，都是里程碑式的转换。一些愿望早在很多很多个 4 年前就许下，一些执念早在那个南半球的夏天封存了就不再回头，一些决定足以影响我往后人生的走向。

30 岁，依然是不甘心的人

我和琳达在亮马桥聊天时说得最多的话是，为什么我们 26 岁的时候拼命谈论的是梦想，是未来，是想要去做的事情，包括一些迷茫和恐惧，也包括一些不甘心和彷徨。我们清楚地记得，26 岁前后的那几年，一起讨论这些话题的有一群人。

驻外女记者也好，女外交官也好，中资企业的女生也好，好像大家都为工作、事业发愁，几杯酒下肚，都拼了命地想要找到自己在这个社会上的位置。但神奇的是，在 26 岁以后的这个 4 年，尤其对于女生来说，真的发生了太多的变化，工作也好，感情也好，其实最本质的变化应该就是心态吧。

琳达说，每次和我约吃饭、约下午茶都兴奋无比。这个 4 年过后的今天，还在我身边的这些女孩，曾经一起拼命都要实现自我价值的女孩，已经寥寥无几了。

"我们在 30 岁的这个节点上，居然还在拼命讨论 26 岁的那些烦恼和困惑，其实是一种很大的奢侈。"

是啊，不是因为到了30岁，20多岁的烦恼就都烟消云散了，而是到了30岁依然执着，不肯和自己妥协，不肯和生活妥协，这需要极大的勇气和坚持。

上一届世界杯结束的时候，我说："巴西世界杯结束了，真是一段特别开心的时光。至此，小时候的梦想全部实现了，26岁，人生画一个逗号继续向前，So what's the next dream（下一个梦想是什么）？"

朋友圈的评论满屏都是"结婚生子""嫁人"，只有我自己知道，这些何曾是梦想？结婚生子，是每一个普通人只要愿意都能去做的事情，怎么能变成"梦想"？

上周参加一个"她领袖"的圆桌讨论，看着身边坐着7天在七大洲跑过7个马拉松长跑的女律师Cat姐，我有一种恍惚感。

26岁，我确实实现了自己小时候当央视记者、报道世界杯等所有的梦想。但正因为后来的4年里，我决定依然像20岁出头一样无畏，如今才能和优秀的女性创业者一起以一个完全不同的身份出现在这些活动的现场，有机会认识更优秀的女生，看到更辽阔的天地。在一个更广阔的层面上，见天地，见众生，也更看清我自己。

4 年时间里，决定不妥协，决定不甘心，决定依然靠着自己 20 岁出头天不怕、地不怕的心气儿，依然不甘心，是很了不起的一件事。这也是我做的很重要的一个决定。

很多女生在 20 岁出头的时候仍然在拼命向前，却在 30 岁前消失在了跑道上。要知道，这一消失，改变的将是整个人生的轨迹。

决定相信你自己，
是一种了不起的才华

"我们只是不再相信生活能依靠侥幸。"

这是伊小姐在回答群里一个男性朋友问的"为什么越来越多的女生要自己买房"时说的话。

在广州，2017 年男女独资购房总价分析数据显示，低价楼中，女性占比 57%，超越男性；在 300 万元以上的一手房及 144 平方米以上的房屋购买力上，女性的成交比例也胜过男性。

在上海，刚需购房群体中，女性占比迅猛上升：2015 年，上海女性购房占比 24.6%，2016 年这一比例升到 30.1%，到

2017 年已经发展到 33.2%，而且，2017 年上海女性购买首套房均价高达 348.3 万元。

这个数字就好像是突然有一天，女生都觉醒了。

对于我自己来说，26 岁那年一个人去秘鲁拍摄，严重的高原反应，腹泻十几次，我自己给酒店前台打电话要来了氧气瓶，又问酒店厨房要了一碟盐。深夜，忍着剧烈头痛和腹泻，我依然镇定地烧了开水，兑了盐喝下。当时没有和任何人言说，因为所有的情绪表达都没有用，当时只有我自己。

这些远离大陆，在陌生的山川河流边的孤勇，还是让女生能够告别一些幻觉的。告别有人可以依靠，有人会承担你的生活，有人会给你整个人生铺路的幻觉。其实，无论是单身还是已婚，都是一种关系。我们并不拥有对方，在这个世界上，我们唯一拥有的只有自己。

所以，年轻女孩常常犯的错误是，等到 30 岁这个所谓结婚生子的节点，突然开始对别人有了幻觉，我们开始幻想后半生由别人来给我们承担，我们盲目地相信他人，甚至把自己的整个后半生交给所谓的关系，唯独不相信的竟然是自己。

不相信自己才是那个有能力、肯努力，愿意付出努力换来更好生活的人。这个 4 年里，选择相信自己的女生，在 30 岁的节点都迈上了一个新的台阶；选择把人生交给一段关系或者另一个人的女生，在这个 4 年以及往后的很多个 4 年里迷失了方向，因为对他人失望，她们最终也会对自己以及人生失望。

世界杯和人生一样，只要足球滚起来，就没有人能够确定足球的走向。但我们之所以还踢足球，还愿意如此痴迷地看足球，是因为总有一些东西，如一些决定、一些信心贯穿在其中。30 岁之前的 4 年，决定不妥协，决定不甘心，决定牢牢地相信自己而非别人。

你要记住，正是这些决定，能完全改变你的人生、事业和爱情的走向。

努力不过是标配，格局才是决胜关键

我认识很多在美国读研、读博的女生。我原本以为她们应该是一群活力四射、野心勃勃的年轻姑娘，然而她们当中好多人面容憔悴，被繁重的课业压得喘不过气来，还在内心深处担忧着未来。

她们当中很多人的家庭并不是大富大贵，美国的研究生课程对于一个工薪阶层的家庭来说，也是不便宜的。在美国读研有一定的门槛，美国研究生入学考试（GRE）、经企管理研究生入学考试（GMAT）要实实在在考出来，对于不是学霸的大多数女生来说，来美国上学前，已经掉了好几层皮。

我和她们一起在学校餐厅吃饭，她们说，自己越来越迷茫。原本在国内读大学时成绩也一般般，费了九牛二虎之力来了美国读研，花了家里好多钱，让她们觉得愧疚，然后即使每天已经非常努力地学习，也只是勉强做到不挂科。

"晴悦姐，我真的已经很努力了，可是却觉得这些力完全没使对地方。"

"不是计算机专业，在这里很难找到工作，办 H-1B 签证越来越难，留在这里工作的可能性越来越小。如果回国，如今国内公司的起薪，自己 10 年不吃不喝才够把这几年在美国的学费、生活费赚出来。"

因为这些都是大实话，我反而不知道该如何安慰这些迷茫的女生。

评估好你的风险和收益，
否则你的努力将变成枷锁

原本我是最支持出来看世界的，可是那天午饭过后，我却在想，这些姑娘没有一个不努力，为什么未来对于她们来说是那样遥远。我自己没有经历过出国留学读学位，只是在大二的时候，出国做过交换生。

出国读学位和出国做交换生真的是完全不同的经历。交换生看哪里都新鲜，和谁说话都是一种人生体验。而对于出国读学位的人来说，面临着读完学位应该何去何从的问题，很多人一开始就没有想明白。

有人在国内读完本科，由于找不到合适、满意的工作，就出去再读书；也有人在国内工作了一两年觉得工作内容枯燥无聊，选择再出国读书。

这些女生努力吗？其实非常努力，考 TOFEL（托福）、考 GRE 花了大量的时间，然后又斥巨款去实现"出国读个学位"。时间、金钱，她们样样都付出了。可是，她们从一开始就没有想过出国读学位的本质是什么，目的是什么，想要得到什么，会面临什么样的风险，自己又期待什么样的回报。

有一个女生说："我非常后悔来了美国，在这里也找不到工作。回国我都二十七八岁了，又是单身，真的特别难找工作，怎么自己出来前就没好好想清楚呢？"

也有人说："来美国读文科真的是一个大坑，和美国人一起搞研究，人家用的是母语研究美国文学，我们真的是不吃不喝也在查字典、看材料。最讽刺的是，这样几乎是在用生命换学位，回国找工作完全没有优势，我有一个从斯坦福大学毕业的师姐，现在在北京工作，月薪 5000 元。"

你在决定出国之前，就应该评估好课程的压力、就业的前景等风险和收益，而不是把"出去读学位"当作逃避现实的途径。因为同样是付出了宝贵的时间和高额的学费，你经过充分评估后心中有数，那么付出任何努力都是正向的，你也甘之如饴。如果你一开始就只看到了读个学位能逃避现实，那么出国之后，你付出的时间、金钱和努力恰恰会变成你的枷锁，反而你越努力就越觉得不值，越看不到希望，也就越痛苦。

普通人之间智商、情商差别很小，仅有的差别在于，别人落棋不悔，心中早已有未来一万步的广阔天地，而你却天天想着要不要悔棋。

金钱不是衡量前途的标准，大格局才是

虽说不能以金钱来衡量工作，但是你自己心里要明白，你读这个学位，付出了这些时间和金钱，究竟想要得到什么。

如果你是为了回国找到高薪的工作，那么你一开始就要评估好风险和收益。

如果你只是热爱学术或者为了陶冶情操，不用与时间、金钱和回报挂上钩，那么你应该能够坦然很多，且甘之如饴。

我们长大以后发现，但凡是想要做出点成绩的女生，没有一个不努力的。但是如今，时代变化太快，这个世界已经不是肯努力就行的，也没有人愿意因为你努力了而埋单。现在刚毕业的年轻人都说："我愿意努力，愿意付出，肯拼、肯干、肯加班，然而真正做出成绩的女生始终是那些有大格局的。"

我有一个女性朋友之前是做影视行业的。影视行业这些年日子过得还算是很滋润的，随着电影票房的持续走高，国产电影佳片频出。她又是在北京这个影视行业重要阵地工作，日子过得不算大富大贵，却也绰绰有余。10年前，正是影视行业大热的开始，就是那个大家都看《阿凡达》的时候，她辞职去了互联网公司，并且是降薪降职，从最低级的运营做起。

那时候，我们都非常疑惑，她好好的中产生活不过，为什么要去死磕一个新的行业？影视行业的水本就让人觉得已经很深了，但她居然不计回报地要跳到只会更野蛮的互联网领域。

她天天加班，面色苍白，感觉以前影视圈积累的那些底子统统都清零了。然而，就是在10年前，她说："互联网＋电影才是未来。未来，不仅仅是大银幕才有前途，互联网崛起后，网络剧、短视频都只会更火、更有前途，它们的制作成本却是大银幕的零头。这个行业需要既懂影视又懂互联网的人。这才是未来。"

我是外行人，不懂到底是大银幕好还是小屏幕好，反正我听说她后来从小互联网公司跳到了大公司，后来那个大公司上市了。然后，她财务自由了。而比财务自由更重要的是，她又做回了老本行，她得到了以前一个小小影视人根本无法想象的机会。

再后来，我们在北京吃饭的时候，她说了这么一段话，我一直记在心里："别演什么苦情戏，说自己已经很努力了、自己太辛苦了之类的。你看看周围的人，谁不辛苦，谁不努力？努力和辛苦在这个时代都是必需的，你训练自己的眼光和格局才更能起到关键作用。"

是啊，在这个快速更迭的时代里，努力已经是标配了，但有些人的努力却成了一把枷锁，让自己在困境中无法自拔。

你要学那些有大格局的女人，早早充分评估了风险和收益，评估了市场和未来，评估了自己的野心和抱负，然后以一颗无所畏惧、拿得起放得下、能够不计较眼前得失的心，坚定地走着每一步。

但前提是，你不能纠结。人一纠结，就不好了。

没有哪个长跑冠军不是专心一意跑步的。一边跑一边想着换跑道，还东张西望看别人跑得怎么样，最后还能拿到好成绩的人——没有。

我们还年轻，要什么"平平淡淡才是真"

我和琳达聊天时，她说起一个在大学当老师的朋友的近况。

听她朋友说，如今大学毕业的女生和我们当年完全不一样。还记得毕业那会儿，我们是多么战战兢兢地听一个又一个宣讲会，参加一个又一个面试，然后紧张得恨不能每分钟都看一下手机，生怕错过了 HR 打来的电话。

我记得当年在学校小礼堂听华为的宣讲会，来的是一个开着宝马、穿着利落时髦的女高管。她和我们分享自己如何在 30 岁出头的年纪去过大半个地球的国家，既实现了个人价值，又过上了优渥的生活。她分享了这份工作和这个公司给一个普通女生带来的价值，以及对一个普通女生生活的改变。当年，我猜每个在台下的女生看着她，心里都默默想：再过几年，我也要成为像她一样的人。

我们憧憬的是职业理想，我们想的是职位、年薪，自己动手丰衣足食的生活，顺带畅想了一下可以如同台上那位气质逼人的姐姐一样，假期可以去全世界玩儿，全年的登机牌连起来可以在墙上挂好几圈的日子。

琳达的朋友在大学里教葡萄牙语。学生们是我们当年同样的专业、同样的年纪，面对的是差不多的就业去向。不外乎就是部委、媒体、企业，选择也不过就是驻外和不驻外。

但她说："如今，几乎所有的女生都不考虑驻外、薪水、职位，至少不像我们当年那样看重。即便如今的宣讲会也是和我们当年一样如法炮制，台上站着的依然是浑身闪着光的女高管，但大多数女生的神情是一脸的漠然。"

"好像突然就没有人关心职业理想了，谈论起找什么工作，大家都是无所谓的态度。她们对老师说'只需要找一个稳稳定定的工作就行，我就想赶快和男朋友定下来。没找到工作也不太要紧，要紧的是赶快嫁出去'。"

她们不再羡慕台上金光闪闪的女高管，不再想要风光无限却四处奔波的工作。她们说，唯一的要求就是不要驻外，宁可没有工作也不要被外派。她们说，外派赚的钱还不够买房的首付，白白耽误时间，最后回国成了大龄女青年，找不到对象都不知道要和谁哭去。

我被这样的对话震惊了。反正再好的工作也买不起房子，那还努力干什么，还不是要结婚生孩子，既然早晚都是要生孩子，那为什么不早生呢？这个悲观的逻辑，我竟说不出哪里错了。

不知道从什么时候开始，单身女孩所有的努力就是为了买一套房子、生一个孩子。

她们说："晴悦，你太努力了，太辛苦了，你什么时候才能安定下来？"

我当年拼了命也要去当驻外记者，整个拉丁美洲跑下来，头也不回地就回了国。做了 6 年电视节目、3 年国际新闻，好不容易在媒体圈站稳脚跟，碰到重大的国际新闻、国际事件，总会收到各种邀请发表一点对于时事的看法。终于，知名的报刊会找上门来，以前当教科书阅读的也来约合作。

我喜欢做一个新闻人，但我也永远热爱新鲜的东西和生活。卸任回国后，我又一头扎进了写作圈。周围谈国际热点、时政要闻的朋友圈，变成谈女性成长、谈小说编剧、谈影视版权……一群雷厉风行扛着摄像机编辑器的新闻人，变成了在工作室喝茶、听琴、写作的美女子。

但是，我热爱这样的变化，喜欢这两个圈子的交融。

于是，我跟着前辈的脚步，在忙碌的工作之余，我创作了一篇又一篇文章，写了一个又一个在路上的故事。很多女生对我说，在我的故事里看到了自己的样子；在我的故事里，她们确定了自己的人生方向。

做自媒体不是我的初衷，却让我意外收获了不曾想象的成长。原本，我以为一辈子都会做电视行业，那些在电视、报纸上出现的身影和名字，我都特别熟悉，然后居然发现自己的圈子可以拓展得更宽。我某一天到书店，在畅销书的柜台竟发现一大半都是认识的朋友。然后，我才终于懂了只有自己变得越来越充实，生活才会越来越丰富，你的圈子也才会越来越辽阔，你才会知道这个世界有那么多迷人的姑娘，都在认真过着自己想要的生活。

无论她们是一线的新闻记者，还是叱咤职场的金融精英，又或者是她们的文字温暖过多少深夜孤单迷茫的灵魂，她们所有的努力，终极目标当然不可能是为了嫁一个老公，然后生一个孩子。

她们大多数人至少目前也买不起北京的房子，却过得如此绚烂美好。

世界大了，你看到的东西才能够更多。对于一个单身姑娘而言，最重要的是什么？

是眼界。

因为太多人会问你，做这些有什么用？

从前别人问我：国际新闻有什么用，时事和你有什么关系？后来别人问我：你在网上写这些免费的文章有什么用，别人到底要结婚还是要奋斗和你有什么关系？

在二十几岁的尾巴，我重新坐进了课堂，学习全新的企业并购，学习产品如何定价，这一切对我来说陌生而又美好。

有人又来问：你是要创业吗？是要学投资吗？上这些课对你来说有什么用？

我不知道如何回答这些问题，但我知道眼界决定了一个女生看问题的方式。因为对于一些女生来说，世界与她们无关，这些不同的行业、全新的领域都和她们无关。对她们来说，只有结婚生孩子才有用。

你才 20 多岁，你的人生才刚刚开始，千万不要给自己胡乱做什么减法，说什么我只要安定下来结婚有个家就好了。

首先，你并不知道结婚有个家以后的生活究竟好不好。

其次，你也不知道自己的能力边界究竟在哪儿，自己可以看到的世界究竟有多大。

所以，既然这两项都是未知的，那么你不要游戏还没开始就给自己去掉了一个选项。

蔡康永说："5岁时觉得游泳难，你放弃游泳；18岁时遇到一个你喜欢的人约你去游泳，你只好说'我不会欸'；18岁觉得英语难，放弃英语；28岁时出现一个很棒但要会英语的工作，你只好说'我不会欸'。人生前期越嫌麻烦，越懒得学，后来就越可能错过让你动心的人和事，错过新风景。"

你总是还没开始，就说自己不要这个选项了。找工作难，工作辛苦，赚钱不多，你就说工作什么的都无所谓，你只要结婚就好了。

你总是嫌弃太辛苦，却不知道自己失去了多少本来属于你的机会和世界。不要在意其他人那些狭隘的眼光，不要因为别人的舞台只有咫尺厨房，你就也放弃了追求自己想要的生活。

请尊重一个单身姑娘的努力。

你 25 岁就应该知道的关于 35 岁的真相

和 30 岁的 Y 姐姐聊天，她是我 20 岁出头的时候就认识的人，并且到现在我都非常羡慕她的生活。

她年轻、聪明、美丽，毕业后在一个国有银行工作，职场很顺利，只用了两年就做到了中层，年薪税后 30 万元。然后，她靠自己在北京东四环买了一套小房子，与学霸学长结了婚。她外表看上去更是十足的名媛范儿。

2018 年，她毅然决然地辞去了稳定的银行工作，投身到了互联网金融的大潮中。

我从 20 岁出头开始，就看着她毕业、进央企，看着她工作、买房，看着她嫁作人妇，又看着她以合伙人身份创业，现在公司在 B 轮融资。然而，最近一次我和 Y 姐姐聊天时，她却说，自己越来越焦虑，越来越惶恐，每一分钟都感受着力不从心，甚至去看了精神科医生。

"35岁，并不是另一个25岁。有太多的东西在意料之外，有太多的东西渐渐失去了控制。"

这些变化，其实是你25岁就应该明白的。

保养永远不嫌太早

Y姐姐如今是互联网金融公司的合伙人，她说，互联网的三个月是普通人的一年。她当然已经预料到这样的变化，包括工作的高强度和不确定性，公司每天都像在打仗，在生死存亡的边缘游荡。但是，有一点是她没有预料到的。

"人是会生病的。"这个连小学生都懂的道理，我们往往并不在意。

Y姐姐智商、情商一流，无论是制定公司战略还是同合作伙伴沟通，都丝毫没有问题。也正因如此，她才敢于放弃稳定的银行工作，出来创业。创业的风险、资金链、人员配置情况，她统统心中有数。没有做好全盘的打算，没有几种计划的人，怎么能够行走在互联网的战场？然而，她没有想到，高强度的工作没有变，但是支持大脑运转的身体却不是 25 岁时的了。

她熬一次夜写方案，下一周就非常容易感冒，更别提经常碰到有环节出了问题，公司分分钟生死存亡的这些时刻，身体率先拉响了警报。

25 岁时不锻炼、不注意饮食的后遗症，在 35 岁时全部找上门来。

25 岁时痛经扛一扛就过去了，一直也没有治好自己宫寒的毛病，在 35 岁时痛得翻来覆去，得去医院打止痛针。

25 岁时吃外卖、火锅、麻辣烫不节制，导致肠胃功能紊乱，在 35 岁时，被胃绞痛、便秘定期轮流袭击。

更不要提什么黑眼圈、失眠、腰椎病、颈椎病，你 25 岁时熬过的夜、消耗的身体，在 35 岁时都变成了一种让你疼痛的病。最可怕的是，亚健康的身体老得更快，快到让你无法直视镜中的自己。

然而，女人最怕容颜衰老，人都不美了，还要"江山"做什么呢？

那些 35 岁以上，在工作、生活中游刃有余，皮肤如同 20 岁少女的女生，她们的脸、她们的身体不仅仅是用 20 多岁时的一张张面膜堆起来的，更是那些在健身房、公园里挥洒过的汗水堆起来的。所以，你从 20 多岁就要记住，肉身的健康永远是最大的优先级。

当你的身体不受控制时，什么事业、家庭、未来都是空谈。

婚姻中需要的不只是爱人，
还有战友

Y 姐姐说，以前她觉得创业成败的核心在于自己——只要有实力、肯努力、愿意拼命，就能获得机会，但是她没有料想到自己已经不再是那个一人吃饱全家不饿的年轻人了。

"有家务要做，有老人要照顾，投资人的钱晚到一天，资金链就面临断裂的风险。在如此大的压力下，我感觉身心疲惫，常常一个人在车里哭。"

难的不是创业，也不是体力、智力、心力的全方位比拼，而是全家只有你一个人在创业，家庭成员却以为你不过就是在上班。

20 多岁的时候，你觉得婚姻就是爱情，找到你爱他、他也爱你的那个人结婚就是完美的。可惜，20 岁的我们都还太年轻，不知道生活本身有那么多细枝末节。我们以为，婚姻不过就是工作加上与另一个人生活，其实，婚姻是个人的价值观和另一个人全家的价值观的博弈。

Y姐姐说，她晚上回家晚了或者加班不回家吃饭，老公、公婆就开始集体吐槽。他们认为，一个女人做家里的三餐是天经地义的事。她也不敢生孩子，因为她深知，生了孩子之后，全部琐事又理所当然地是自己多承担。

公婆说："你如果能兼顾好家里，那么随便你要实现什么梦想都行。如果不行，那我们不需要你工作，你只需要把家照顾好就行了。"

这话其实没毛病，甚至可以说，对于大多数家庭来说就是如此。这和爱不爱无关，不过是大家的观念不同，无须互相指责。

然而，如果你是一个有上进心、满心都装着世界的姑娘，那么请一定记住，婚姻中比相爱更重要的是选一个可以和你并肩作战的人。他愿意承担家庭琐事，他懂得爱一个人不只是给她钱、给她优渥的生活，还要全力支持她，去过她想要的人生，而不是过他想让她过的人生。

这两者有本质的不同。如果你20多岁就选了一个仅仅是相爱，价值观却不完全相同的男人，那么你30岁以后的生活都会是在同他乃至他全家的价值观做抗衡。

公司裁的不是年龄大的人，
而是无法全力以赴的你

你会说，Y 姐姐这是在创业，没有可比性。可是，我想告诉你，打工比创业更残酷，而且全世界都一样。但凡大公司裁员总是会掀起热议，大家说公司无情，可是仔细想来，这太正常不过了，因为这不过是 HR 为整个公司的人力资源做整合的手段。

你 25 岁的时候，为了工作拼命加班，太正常不过了。在公司加了班，回到家叫完外卖依然没有睡意，再拿出电脑工作两个小时都是太稀疏平常的事了。但你 35 岁，成了家，你准点下班，算好时间，回家买菜做饭一肩挑，在大城市很难保证一家人在晚上 8 点能吃上三菜一汤的晚饭。

35 岁的你，工资比 25 岁时多，但你上有老下有小，能够投入的精力和热情却连 25 岁时的一半都不到，你一天工作 8 个小时，25 岁的人一天能工作 16 个小时，如果你再没有一技之长和一些不可替代性，哪家公司会愿意"养"着这么一个成本高昂、产出却低下的人呢？

所以，我们早早就要明白，35 岁无法如同 25 岁年轻人一样拼尽全力的时候，自己手里还有什么牌。你在过去的 10 年里，有没有拥有具有稀缺性的一技之长？有没有积累起配得上 10 年的优质人脉？有没有在 25 岁起就开始关注这个世界的变化？再比如，人工智能崛起，你、我都可能分分钟失去工作，但总有一些人能未雨绸缪，在那一天到来之前就看清了大势，若干年后我们会说，他们抓住了风口。

所以，**选择比努力重要，稀缺性比埋头干重要**，而最重要的是你从 25 岁时起就开始准备，因为所有人都有无法拼尽全力的那一天，到那一天，你手上还剩下的就是你的王牌。

你的身体、婚姻、家庭、工作都需要在 35 岁到来前的那一刻做好准备，不要等到那一天才发现一切都失去了控制。

总之，就是这句掏心掏肺的话吧：

"年轻人，没事就别老躺着了！"

如果有人邀请你坐火箭，千万别说"不"

我小时候做过一个特别清晰的梦，一直记到今天。"神五"发射的时候，飞船升空的画面，我们的航天英雄杨利伟走出船舱的画面，被电视台播了一遍又一遍。

我记得那个时候，大人都在聊天。他们说，在那个飞船舱里肯定特别难受，遭遇失重、不确定性以及美国"挑战者"号失事的灾难。他们说，如果有机会，换了他们，他们是绝对不会去坐这个载人飞船，毕竟风险太大了，哪怕可以成为中国第一个飞上太空的宇航员。

当时的我特别不理解。

我满脑子想的是，我们大部分的普通人应该是没有这个机会吧，也不具备这个身体素质等各种条件。即便有这个机会被

选上，所有人应该都会愿意去坐这个飞船吧！我也真的是很幼
稚，一直问周围的人：如果可以报名去坐这个宇宙飞船，你们
要不要去？

　　大多数人的答案是，当然不要去坐。我一直不理解，不理
解到我居然在某一天的深夜做了一个梦（不要笑话我，这个梦
是真的）。

　　我梦到自己真的在报名坐宇宙飞船（捂脸，我真的也是被
自己吓到了，居然能做这种梦），然后我毫不犹豫地报了名。
后来发生了什么我不记得了，哈哈。

　　我记得我居然被选上了，然后就是"神五"那么大一个飞
船停在那里，周围人特别特别多，大家都在看着我，因为我被
选上了，我要去外太空了。一个宇航员叔叔走过来示意我时间
到了，可以坐进飞船了。

　　那一秒，我真的犹豫了——我清晰地记得我犹豫了。我愣
在那里，不知道在害怕什么，脑子里飞快闪过的念头是"为什
么选上了我？"我已经全然忘记是自己报的名，已经全然忘记
了自己满心欢喜想要去外太空看看，已经忘记了自己看到杨利
伟叔叔走出船舱的那一刻是如何内心激动、心潮澎湃。犹豫了
两分钟后，我坐进了船舱，脑子里一片空白，对于即将升到太空，

害怕远远掩盖住了将要看到新风景的激动。

后来，飞船升空了，而我吓得醒过来了，哈哈（我再说一遍，这个梦是真的，千真万确，到现在都记忆犹新）。

那是我第一次知道，即使有一种我特别渴望的新生活放在面前，我也不一定会选择它。

谁都渴望一个特别完美的生活，尤其是女生。我们渴望事业成功，婚姻幸福，家庭美满，父母健在，儿女双全，能时不时去毛里求斯拥抱诗和远方，与闺蜜可以时常把酒言欢。憧憬谁不会，但并不是每一个女孩都有勇气、有能力，愿意为这样的生活去付出努力。

我之前参加了一个聚会，里面有女企业家、创业者，也有公司高管、投资人、云计算一姐。但令我印象深刻的不是这些女生的成就、光鲜的外表和惊人的履历，而是她们每一个人身上散发出来的生活气息。

三十几个女生中，起码有四五个女生背着挤奶器，她们在化妆间里挤奶，但并不妨碍她们化着最精致的妆容，在聊天的时候谈笑风生，在舞台上踩着高跟鞋露出自信的笑容，点亮了整个舞台。她们也许有姣好的模样，但更是那种对于生活的热爱和对自己的不放弃，让她们看起来是那么美好。

做私人定制内衣的创始人刚出月子；赞助整场盛典、走秀服装的 BQ 创始人 Elly 怀孕 5 个月；做女性高端生活方式品牌的小玉，宝宝才一个多月，这次的活动是她怀孕后第一次穿高跟鞋。

没人说"我怀孕了""我有孩子""我的孩子要喂奶""这个活动我不参加了"。这些女生无论是单身、已婚，无论有娃没娃，看起来的状态就像 20 岁出头的女生。她们眼神里全是光芒，她们只是在中场休息的时候说，这是出月子第一次穿高跟鞋，好像有点不适应，要暂时换上球鞋休息一下。

以前，我们总说，看不出年龄是对一个女生最大的夸奖。女生永远都会讨论的是变老的话题。如今，我深深感受到，女生看不出是单身还是已婚，有娃还是没娃，才真的是最好的状态。"一看你就结婚了"，感觉不是什么好的状态。

我记得在兰州签售时，一个女生说"晴悦姐，一看你就没结婚"，我一听就乐了，我问她："那你眼中已婚的姑娘应该长什么样呢？"

她想了半天，说："应该是按部就班地生活的样子，和我妈她们一样的吧。"

模糊了每个人的特征，可以统称为"和我妈、我姐她们一样"，也真的是让人非常扎心。

那次的聚会几乎全都是女生，来自各大公司的高管、创始人，除彼此分享着各自的婚姻、育儿观之外，还野心勃勃地说着自己在做的事情，比如品牌、用户、目标市场。

女生们互相出主意，当这些女生彼此讨论着各自公司的项目、投资人和创业者，不同领域的高管还有艺术家，彼此说着方案，逻辑清晰地讨论合作空间的时候，我脑子里冒出的想法是：这真的是一群有野心且肯努力，像坐着火箭一样飞速地成长着的女生。这是女孩之间的惺惺相惜和守望相助。

因为我想到了小时候做的那个梦。如果有一个宇宙飞船摆在这些女孩面前，她们一个个会毫不犹豫地跳上飞船，因为她们心里装着一个特别特别大的愿景，远远不只是家里的那些柴米油盐。

一旦女生坚信自己有勇气、有能力、有抱负、肯努力、肯付出，清晰地计算过成本，知道要付出的代价，依然能够向着想要的生活狂奔的时候，她们就是坐上了"火箭"。要知道，最难的根本就不是谁给老公做饭、孩子由谁带，而是你从不相信女生可以什么都拥有，又或者，你不认识这群什么都拥有的女生。

你没有亲眼看到，这个世界上就是有这么一群女生，她们真的过着自己热爱的生活。一旦你看到，你相信自己有勇气，你肯努力，那么你就是坐上了火箭，飞速地朝着你想要的生活前进。

选择过自己想要的生活，确实是一件风险极大的事情。但这个世界上，不选择才是最大的风险。

人生在世，最好自己说了算。对于大多数的中国女孩来说，这句话可以翻译为最好不是只在家里说了算。因为家太小，世界很大。

请珍惜你身边野心勃勃的女生，千万不要犹豫，一定要和她们做朋友。

如果有人邀请你坐火箭，你千万别说"不"。

同学聚会才是见证奇迹的时刻

我不喜欢参加同学聚会。同学，其实是一群你再熟悉不过的人了，你们曾经那么亲密地睡着上下铺，一起吃饭，一起上课，彼此了解的程度甚至熟悉过你自己。也许你自己都快忘了，当年你失恋的时候，你们如何在学校旁边的一条小巷子里的酒吧喝酒哭泣到深夜，又如何躲过楼管阿姨的法眼，在天快亮了的时候偷偷回去……但是你的上铺还记得。

是的，你们一起见证过彼此太多的狼狈模样，一起忐忑不安地准备过面试的自我介绍，一起焦躁无比地等过 HR 的电话，也曾一起大笑大跳，终于拿到了梦寐以求的录取通知书，也曾在散伙饭上，说着保重，抱头痛哭。

然后呢？擦干眼泪，你们毕业了。你们各自朝着不同的方向走。往后的那些年，就是彼此经历着不同的事情，面对各自新的人生。

《东京女子图鉴》里有一个场景，我印象特别深刻。女主绫跳槽到新的国际大公司，薪水和职位都高了。在新工作的历练中，无论是职业素养还是整个人的妆容、气质，她都提升了好几个级别。重新整装出发的她，干练、漂亮、气质逼人，与之前那个在小公司里上班时间和同事八卦的样子判若两人。她接受时尚杂志的专访，她的照片整版印在杂志上，她侃侃而谈一个女人应如何过上自己想要的生活。

一次和前同事的聚会，她兴致勃勃地带上了那本杂志。寒暄过后，刚想要拿出来给姐妹们看看的时候，却发现其他几个姑娘正争先恐后地拿出手机，各自秀着宝宝的照片。我看到那一幕，特别能理解女主内心的想法，虽说和她们之前只是同事，不是同学。

但是，曾经那么熟悉的同事、朋友，在分别的这几年，每个人就是过上了截然不同的生活。这种感觉和同学聚会一模一样。所以，我不喜欢参加同学聚会。

但是最近这些年，我的看法改变了。

有一位年长我许多的姐姐刚参加完自己的大学同学聚会。她说，这么多年过去了，大学毕业 15 年，那些曾经特别努力，毕业就跑在"快车道"，或者是毕业后的这些年永远跟着浪潮跑，永远在找机会，从没放弃努力的人，真的已经遥遥领先，真的就是那样一骑绝尘。

这些同学中很多人早已当上了高管，也有人早就创建了自己的公司，还有一个同学的公司已经在纳斯达克上市了。而那些寻求安稳舒适，在自己的小日子里平安喜乐的姑娘，也过上了自己想要的生活，她们嫁作人妇，生儿育女，脸上写满了幸福和满足。

你跟生活要了什么，生活真的就回报给你什么。

这个姐姐对我说："你知道吗？你一定要去参加同学聚会，特别是 5 年、10 年、15 年的大聚会。这是你人生为数不多的机会，让你可以亲眼看到，种瓜得瓜，种豆得豆，让你可以看到事物间的因果。"

"因为这些人的脾气秉性、智商情商，你太清楚不过了，经过了这么多年，各自在不同领域打拼，同学聚会这样的契机可以让你亲眼看到，有些人是如何把一手烂牌逆转成人生赢家，也总有一些人明明原本一手好牌，却在岁月的蹉跎中渐渐打烂了，人也变得暗淡无光。"

"这不是电视剧，是现实，且你就亲自参与其中，一路演一路看阶段性的答案。参加同学聚会，亲眼看到这一切，体验到阶段性的答案揭晓时的震撼之感，会让你不得不对人生选择、机遇以及努力充满敬畏之心。"

关于这些逆袭的故事，你以前总是听说。听说谁谁是怎么成功的，或者从一些名人传记里看到他们是如何逆袭的，但这些都不够强烈，都不足以对你形成巨大的刺激，因为离你太遥远，而同学聚会，你无处可逃。

你之前一直不愿意承认的因果，不愿意看清的现状，你必须在那一刻诚实面对。好多人说："他不过是运气好抓住了机会，如果我也有他那样的机会，我早就……"好多人说："不是我不努力，我这个行业就是这样，在夕阳产业里的人斗不过命运。"

我们总是找各种各样的理由来原谅自己，让自己感觉好一点，让自己觉得之所以过成这样，不是我们本身的问题。

所以，这个姐姐说"体验到阶段性的答案揭晓时的震撼之感"，然后才能及时让你自己得到改变。参加同学聚会更重要的一点在于，你还来得及醒悟，还来得及做出改变。

她说，毕业 5 年，他们大学同学就聚会过一次。她还清楚地记得，那一次聚会大家有多焦虑，每个人在事业、家庭、生活上都特别不稳定，处于剧烈的动荡期。

有一个男生原本在学校成绩平平，后来也是随便找了个工作混日子，但他参加了那次的同学聚会。他发现无论是未来的事业，还是未来要找到什么样的人生伴侣，要过上什么样的生活，大家都是如此焦虑。但他自己还从来没有思考过这些。他知道，这其中一定是他自己出了什么问题。就在那次聚会后，他决定考研，后来怎么样就不知道了。

再次相见便是这次毕业 15 年的聚会。他看起来还是和上学时候一样，嬉皮笑脸，却已经拥有了自己的一家小的研发公司，正在努力把自己的专利商用。聚会上，他特别一本正经地感谢大家，他说，正是毕业 5 年的那次同学聚会点醒了他，让他重新审视了自己的生活。

他说，浑浑噩噩的他，幸好那一次参加了那场同学聚会。

现实这场大戏早就上演了，我们大多数人却以为自己还在彩排。殊不知，这场戏根本就没有剧本，也没有彩排，即使忘了台词，迷失了方向，但硬着头皮也得继续。所以，无论你目前过得怎么样，我都劝你一定要参加同学聚会。

因为这是你为数不多的机会，亲眼见证奇迹，亲眼看到彼此不同的阶段性结局，只有亲自体验过这样的震撼之感，你才会幡然醒悟，在一切还来得及的时候。

千万不要等到毕业 50 年再去参加聚会，因为到那时，大戏真的要落幕了，结局也早已注定，你也就真的再无力回天了。

只要自己是对的人，选哪条路都会光芒万丈

我幻想过无数次自己到 2018 年时的模样，因为这一年我30 岁了。在 30 岁生日的那天，我发了一条朋友圈，写着："30岁，18 岁时做的梦都实现了。"

其实，我从来没有想过这些都能够变成真的，但是在过生日的那一天，看着自己每个节点上的照片，是一种激动人心的圆满。

人生也是很奇妙的，我自己写的书叫作《二十几岁，没有十年》，然后我就真的不再二十几岁了。

在过去的每一年，我都特别渴望那些惊心动魄、激动人心的事件，一个人去地球最荒无人烟的热带雨林也好，在里约热内卢对着电视机和 10 亿名观众一起倒数新年也好，在现场看了

一届世界杯也好，出版了自己的第一本书也好，终于做了全国签售也好……好像必须有这些特别重要的事件、特别激动人心的时刻，到了年末拿出来数一数，我才可以长舒一口气说：这一年，我没有白过。

而这一年，写这篇总结的时候，其实我是如释重负的。按照往常来数，其实这一年我也做了很多的事情。我终于开始认真做自己的公司，从一个记者、写作者、媒体人转变为带领团队打江山的创业者，这几乎是我自己20多岁到30岁里程碑式的转变。

但是，在这样的总结里，我第一次不想去数这些所谓的成绩，不想数去过哪些地方，更不想用坐标、数字来衡量这一年的得失。

因为2018这一年，我终于明白，没有所谓的得失。

所有经历的一切，都值得。

十字路口

我写过之前我错过了一个很好的机会，当初给我工作邀请的高管前段时间因为公司上市去香港参加挂牌敲钟仪式了，其实拒绝掉那个工作之后的好几年，我都一直在想，如果当初我去了上海，生活是不是会不一样。我在心里盘算了一万遍"如果……"

四五年前，我认定这样的错过是失去；而 30 岁时，我才懂得，当年的那个十字路口，对我来说哪里是失去，根本就是得到。之前，我最多是比较公司的规模、职位和薪水，从未想过自己告别央视，然后写书并拥有这么多读者，更没想过自己创业去实现别人的梦想。

四五年后的今天，我正是看到了某总参加敲钟仪式的朋友圈，才如释重负。终于，时间告诉我，只要自己是对的人，选哪条路都会光芒万丈。

十字路口，我 20 多岁的时候不敢站在那里，因为害怕一旦选错了一条路，就会跌入深渊；而 30 岁的时候，我非常坦然地站在路口，因为我心里知道，无论怎么选，都能有所收获。

很多时候，失去也是一种得到，无论是事业还是爱情。

30 岁这一年，我面对的十字路口不少，也有过很多难堪的时刻，遇到了一些怎么都说不明白的人，遭受过很多趾高气扬的奚落。但我到年底终于释怀，不再期待所有人都理解我、所有人都喜欢我。

很多冷眼、奚落、指责并不意味着失去，也都是得到。正因为这些人的存在，才让我们知道身边懂我们、爱我们的人有多么珍贵。

我不再害怕十字路口，**只要自己坚信所做的都是对的，怎么选都有收获。**

一些情谊

我一直都是一个重情重义的女生。我经常和朋友开玩笑说："什么小女生，我是大哥范儿，哈哈。"我站过的舞台也好，去过的地方也好，如果生命结束时只能回忆几个瞬间，那么我最后回忆的应该是一些人吧。谁在你的生命里出现过，谁参与过你的梦想，谁在你最难堪的时候告诉你别怕，还有明天……

这一年，我有特别多脆弱的时刻，甚至在和朋友一起吃饭的时候，无来由地就哗哗掉眼泪。我不再佯装坚强，我允许自己在别人面前掉眼泪。然后我发现，身边的朋友并非因为我是那个站在舞台上的女生而爱我，即使我沉默不语，即使我狼狈大哭，他们都依然在我身边。

这一年，我不再执意去拍下那张站在舞台上最完美的照片。我认真存下生活里那些特别普通却热爱无比的照片——喝了一半的酒杯；等位时坐在对面朋友拿着筷子的手；深夜吃烧烤那张黏糊糊的菜单。我不再找角度拍好一张可以发朋友圈的照片，我只是想留住这些真实、快乐的片段。看到它们，我会真实地想起那一天和谁在哪里一起度过了怎样的时光，或是在哪个沙发上和闺密们喝过通宵的酒，凌晨时在哪里的摩天大楼里和战友们并肩奋斗过一个项目。

这一年，我们都有一些难熬的时刻，但总有人在这些时刻陪伴，我们知道自己是被爱着的，知道有人愿意陪我们走漫长的夜路，我们也已经得到了，不是吗？

未来可期

过去的 10 年，我所有的梦想都是关于自己的。

2018 年，我认真做自己的公司以后，每次和公司同事聚餐时，她们都会拉着我问这问那，跟我说青春里的困惑和烦恼。

我很少去公司，每个月可能就去一两次，我们难得一起吃饭，所以会聊很多。她们开玩笑地说，这也是公司福利的一种。听她们的故事，有时候我会说到自己青春里的感受和认知。连续两次吃饭，都有女生说"我听着听着，眼睛就红了"。

我才发现，其实每一代人的青春都是一样的。那些青春里的迷茫和痛苦也都是一样的，她们以及我所有的线下见面会中的女生也好，签售会上的女生也好，我见到的每一个女生，都让我更加清楚——从 30 岁开始，我的梦想不再是实现我个人的梦想，而是变成了去实现团队以及帮助更多的女生去实现她们的梦想。

在上海的一个峰会上，一个女生特意从贵州来，她说我写的文字改变了她的人生。我们拍了一张又一张合照，临走的时候，她回头说："晴悦姐，你一定要过得越来越好。"

如果问我这几年坚持写作的意义和价值是什么，那就是我更加坚定地站在 30 岁的节点上，实现了自己二十几岁的全部愿望，并对未来可期，我想要帮助更多的女生坚定并实现她们的梦想。

每次我看到微博上有人说，读了我的书以后自己的改变，也有人在公众号后台留言，我会觉得得到的一切都是额外的奖赏。

30 岁的这一年，我不再总结那些闪耀的瞬间，不再罗列去过的地方。因为我深知，无论这一年我们有多大的成就，又或者哪怕什么目标都没有实现，只是保持身体健康，做着自己热爱的事情，又或者正在解决着生存问题，但对未来怀抱着深深的希望，只要有陪我们走夜路的朋友，有我们珍惜的人，我们已经是这个世界上很幸运的人了。

即使这一年对你而言说不上过得好，我也希望你能够认可"得到的一切都是额外的奖赏"。

这是一种豪情。

面对生活无常，我特别喜欢女生有这种豪情。

谢谢这一年在我生命里出现的人，得到的一切都已经是额外的奖赏。

如何让生活崩塌得慢一点

琳达最近没日没夜地在写 MBA 的毕业论文。我给她发微信，她都是要到半夜才回，然后说，正在熬夜写论文。

她和我一起驻外，回国后，她在台里做编导，然后在北京买了房，嫁了人，非常安稳地生活着。上次在亮马桥喝下午茶，她拉着我说："快点和我说说有没有新鲜的事儿。"然后下一句是："只有你，还有点新鲜事儿可说。"

我们放眼周围年纪差不多的女生，已经没有新鲜的话题了。生活就是上班下班，上班时永远说着同样的话题，吐槽老公、埋怨婆婆，不然就是那些日常琐事，话题始终离不开房子、车子、钱。

我想起在厦门大学参加颁奖典礼的时候，有一个读者专门来看我，她对我说，她不满意之前的生活。我问她为什么。她说：
"因为我的生活，没有故事可说。"好像她和琳达表达的是同
一个意思。

女生 20 岁出头的时候，对未来其实是有很多憧憬的，关于
事业，关于爱情，关于家庭，关于环游世界的旅行，关于想要
变成一个自己期待中的女生，过上令人羡慕的生活。

琳达对我说："我觉得女生 30 岁过后真的是全面崩塌。"
那些关于未来的憧憬，完全被残酷且真实的生活所压垮。

新鲜事？

没有新鲜事，也没有故事。只有上班下班、老公孩子，有
下个月要还的房贷，有突然生病的老人。好像我们一到 30 岁，
就瞬间变成了大人。其实，哪里只是我们，每一代人的青春过
去都不再来，谁都体会过这种憧憬消失殆尽的感受。

王小波说："那一年我 21 岁，在我一生的黄金时代，我有
好多奢望。我想爱、想吃，还想在一瞬间变成天上半明半暗的云。
后来我才知道，生活就是个缓慢受锤的过程，人一天天老下去，
奢望也一天天消失，最后变得像挨了锤的牛一样。可是我过 21
岁生日时没有预见到这一点。我觉得自己会永远生猛下去，什
么也锤不了我。"

既然生活就是个缓慢受锤的过程，那么我们如何让生活崩塌得慢一点呢？

寻找属于自己的高光时刻

杨总从深圳飞来和我们聚会。

在 Aline 家的沙发上，我们聊天聊到凌晨。杨总原是某制造业民族品牌的海外销售总监，后来把人生清零去了完全不同的高科技行业。我和 Aline 都是很喜欢聊工作的女生。杨总和我们说了好几个小时，聊的都是关于国内的高科技制造业、最新的技术、南美市场、中东客户的话题。

虽然我们在完全不同的行业，但是我听得很入迷。他说，中东的客户在谷歌地图上给他看硕大的庄园，他说如何打入南美洲最难的供应链。要知道，就是这短短两年，他完成了行业转变、市场转变，整个人都脱胎换骨了一样。

我从没见过这么自信的杨总，但我知道，过去的两年里，他熬夜写下的每一份报告、签的每一个单子，都是他的高光时刻。他享受这些时刻。这些时刻让他有故事可以说，让他在年末的时候回想起来，有一个个闪光点。他有新的生活，有新的故事可以说。

　　每一个人的高光时刻是不尽相同的。有一个做建筑设计的朋友给我发来照片说自己设计的商场开业了；有一位女作家给我寄了她的第一本小说；有一个做游戏设计的小伙伴让我试玩他主导开发的新游戏；有一个唱爵士乐的女生邀请我去她的爵士之夜（Jazz Night）。

　　每个人的高光时刻不同，但你需要有属于自己的高光时刻。

　　有一个临终调查是关于最后悔、最遗憾的事情，排在第一位的并不是没有好好陪伴家人（这一点排在第二位），而是没有去做自己真正想做的事情，没有实现自己年少时的理想。我一直觉得，女生更加应该早早清醒地认识到这一点。

　　男生，如同杨总，觉得打拼事业是理所当然的事，而我们常常会因为谈恋爱、结婚、生子、照顾家人等，忘记了我们20多岁时也幻想过的"江山"。

学会辨别当下的得到

　　那些所谓的高光时刻是有必要的，但毕竟不是生活里的日常。

如果我们永远只能通过追求高光时刻而获得快乐，那么可能我们反而会过得越来越不快乐。30 岁，我得到生命里最大的启发就是要学会去辨别当下的得到。

20 多岁时，我总是在朝着一个又一个目标飞奔，拼命追求的是一个又一个结果。但是 30 岁，我慢慢懂得很多东西，发生的那一刻自己就已经得到了。

我们需要学会去辨别这些时刻，这是 30 岁以后很重要的智慧。

冬天，南方下第一场雪的那天，我穿得很单薄，顾小姐陪我买厚实的大衣；出差回来接站，她车门上放着热气腾腾的奶茶；听到拉丁风情的曲子，智利的男生陪我跳一支充满回忆的萨尔萨舞（salsa）。这些都没有什么结果。但发生的那一刻，我就已经得到了。辨认出这些时刻，沉浸于那时那刻的快乐里，那么即使生活正在崩塌，我也能从日常里找到闪光的瞬间。

《今生是第一次》里，那个妈妈说：

"在差不多的人生当中，时而也会有闪闪发光的事情，所以要留意去抓住它，好好装在自己的星星兜里。这样等你以后累了、烦了，可以拿出来看看你的那些星星，就能度过艰难的时光。"

这些时刻让我们的人生看起来不那么疲于奔命，不那么日复一日地循环，我们收集这些星星、这些高光时刻，就像我们还愿意等待圣诞节礼物一样。

如何让人生崩塌得慢一点？

答案是你依然是一个愿意去打拼的人，同时你也依然相信能够收到下一份圣诞节的礼物。

你有这样的野心，也有这样的天真。

PART 5

应该全力以赴的时候，
千万别纠结

我们都不是生来勇敢，也不是天赋过人，但并不妨碍我
们创造属于自己的未来和奇迹。

北漂 10 年会换来什么

"一个女生把人生中的 10 年交给北京，会换来什么？"

"答案是：没有一个人变成当初理想中的自己。"

这话说得真的让人太颓丧了，但是，在纽约、东京、巴黎、北京、上海打拼的我们，都想在沉默中狠狠地点一下头。

在这些沉默的认同中，有一个回答是这么写的：

"今天是我来北京的第一天。小哥哥说如果我来北京，他一定要来接我，说了很多很多遍。我原本没有期待，听多了却也信了。今天他在外面跑项目，没有过来。我一个人打车去的住处，听的哥天文、地理、历史、人文侃了一路。今天天气很好，看得见蓝天，有阳光，从机场出来的路上看见了一树一树的花开。"

"北京比我想象中的更寂寞，但我还是希望能在这里有未来。"

特别朴实简单的几个句子，我看了却非常感动。这个"第一天"饱含了未来 10 年我们即将面对，或者经历过的，对理想、生活、友情、光鲜、落寞等颠覆性的理解和痛彻心扉的认知。

然后，我们迅速长大。

我是特别喜欢北京的。最初就是一心想在北京上大学，然后留在北京工作，到现在在北京生活了很多年。我身边最熟悉的朋友也都是从 2006 年去北京上学就认识的，到 2016 年早已过了所谓的"北漂 10 年"。

在北京打拼 10 年，换来了什么？

我上大学以后，发现认识在央视工作的师哥、师姐太容易了，因为台里将近 70% 的人都毕业于我的母校。而对于一个在其他城市读新闻传播的同学来说，与央视的一个实习机会中间也隔着一些距离。同样是语言类大学，在北京，来学校里举办讲座的大多是外交官，比如各使领馆的大使、参赞；平时课堂上，老师随便邀请来的一个好朋友和大家交流，就是社科院在某个领域的著名专家。之前外交官、媒体记者还有社科院学者等，只有在电视上才看得见。我没有想过，如今随便一个朋友聚会，都是这几个身份的人的组合。意气相投，我以前没有这么深刻的认识。

在北京，人和人之间的距离比想象中近。

而这座城市给你的机会，也比想象中多。

我以前经常看穷游上一个旅行博主的帖子，她在复活节岛拍很好看的落日，在阿塔卡玛沙漠拍下一整个流星雨般的星空，在乌尤尼的镜面上坐在一辆吉普车上只留下天地，还有她，帅气无比。

我有时候会看她的旅行攻略，看哪个藏在巷子里的餐厅有最好吃的酸橘汁腌鱼（ceviche），看最著名的石板烤比萨在库斯科城的哪个小坡上。

我并不认识她。

后来，我看到她在游记里写她在南极举行了婚礼，在南极大陆的小教堂里读了誓言，羡慕无比。再后来，兜兜转转，我自己辞职创业，发现我和她中间只隔着一个朋友，就加了她的微信。原来这个旅行博主是一个辞职的外交官。

她在这之前的人生，居然和我有着同样的路径。

在北京上学，绝对的好学生，考公务员，然后去了外交部，奔赴海外的使领馆，挥洒着青春，成为一名年轻的女外交官。再然后，她辞职，开启了另一种生活。

在北京，如果你想认识一个人，人和人之间隔得就是这么近。其实，不仅是在北京，在上海、广州、深圳等大城市也是一样。

你如果向一个深圳的小伙伴表达你对大疆无人机最新产品的热爱，他会对你说："哦，大疆就在我们南山科技园里，在我们隔壁楼。"

这是我之前在生长的城市里无法想象的。

如果你觉得那位外交官代表的是一个人"北漂10年"的人生巅峰，那么抱歉，你还是没有读懂"北漂"真正的含义。

它不在于你找了一份多么光鲜的工作，也不在于你嫁给了高富帅、生了两个孩子，更不在于你背什么包、穿什么衣服、赚了多少钱或者看上去所谓的"气质"和老家的同学有多么不同，而是在于你终于在最年轻的时候见识了世界，你去了曾经很向往的机构工作——你敢于留下来奉献青春，也敢于辞职重新开始。最终，你懂得了这两种做法并没有好坏之分。

我大学同班一个男生去了外交部，远赴非洲艰苦地区，业务水平绝对过硬并且爱着这份神圣的工作和使命，如今是一名"高翻"，在金砖国家峰会上，镜头一闪而过，我看到他坐在领导人身后。

而那个曾经写下精彩穷游帖子的女生，如今是一个高端旅游品牌的创始人。

"老家的同学"也许永远都不懂，居然有人当上了外交官还要辞职，也不懂为什么要把青春和汗水都挥洒在艰苦的非洲而错过最佳的生育年龄……

"见识"这个东西是有烙印的。

在北京、纽约、巴黎、东京，你见过各种各样的人，了解他们各自不同的人生和选择，这些人和他们的人生无形中会影响你的很多决定。

在很多个人生关键节点上，见过世面的人所做的选择是截然不同的。这不是刻意为之，而是一种无形的烙印。

北上广只认可肤浅的"成功"二字吗？

我觉得不是。正因为你在最年轻的时候，在大都市挥洒过汗水，感受过大都市的纸醉金迷，你才能抛开偏见和虚荣心，更有底气地过你自己真正想要的自在生活。

"去年春天室内播种的韭菜，之后移到了菜园里。一行十五丛。悉心照料。为了过冬，我还铺了厚厚的麦子秆保护根系。几场春雨过后应该发芽了。"

这是我另一个大学同学的微博。他也是在北京上学，然后在石油领域的央企工作，奔赴过非洲，赚到了一些钱，赢得过世俗意义上的成功。如今人在法国，种菜，养猫，写着法国乡村生活笔记。

在北京打拼 10 年，会换来什么？换来了未来 10 年无论你是继续在大城市拼搏扎根，还是回到你自己所在的小城市，或者选择远赴他乡过完全新的生活，你都有那份笃定和从容。

你见过、吃过、美过、体验过，你再也不会羡慕别人，再也不会不甘心。

无论有没有变成"第一年"来的时候那个理想中的自己，你都已经"脱胎换骨"，是一个全新的自己。

"谁在年轻时到过一座大城市，奋身跃入万千生命热望汇成的热气蒸腾，与生活短兵相接，切肤体验它能给予的所有，仿佛做梦，却格外用力、投入……在现实的尘土飞扬与喧嚣之中，你迟早会有一瞬，感受到自己心中的音乐与这座城市轻轻共振，如此悠扬，如此明亮。谁的生命曾被如此擦拭，必将终身怀念这段旋律。"

如果你也是其中的一员，你一定知道我在说什么。

懂的人自然懂。

他们都过上了以前不敢想的生活

我是一个南方人，身边的朋友问过我无数遍："你为什么选择北京？"

抛开那些个人情感和执念，我第一本书的出版人告诉我，出版行业90%（很多知名作家）都在北京。安妮宝贝，现在改名叫"庆山"了，浙江人，生活在北京；作家周国平，上海人，大多数时间也生活在北京。

这不是必须的选择，只是你身处一个行业，就会看到大多数人的选择。

我问一个在上海生活了10年的成都姑娘："你们成都这么好，生活品质高，节奏慢，你为什么还在似乎很排外的上海，何苦呢？"她头都没抬，立刻就说："世界500强，有490多家在上海有分支机构或者办公室。"

我问一个之前在北京如今去了深圳工作的男生："为什么去深圳？"他说："科技创新，从来没有一座城市像深圳一样有活力。"

所以你看，大家都知道二、三线城市压力相对较小，生活相对安逸自在，但是问他们为什么依然在北上广深，大家可以头也不抬地说上这么多理由。

为什么每天依然有这么多人涌入北上广深，想要在大城市寻找一个立足之地？因为大家都是用脚投票的。因为大家都知道机会在哪里，自然最有创造力、最有活力的人群就在哪里。

"那里是梦想野蛮生长的伟大的容器。"

10多年过去了，我身边一起读书、一起成长奋斗的朋友，都还在北京。我来告诉你，这10年里，这座城市给多少人施了魔法，他们获得了多少额外的奖赏，过上了以前不敢想的生活。

10多年前，一同在食堂打饭，一同坐上八通线换乘一号线才能去一趟西单的闺密，毕业后去了日夜颠倒、累死累活的影视公司做编导。

我曾经以为我们毕业后当然是去央视，即便去不了央视，北京电视台总行吧。毕业后发现，北京电视台比央视还难考。

闺密的家人听说她毕业后做了编导，这么洋气的工作，可不得挣钱多又体面？闺密没法向他们解释，因为她每天在影视公司熬夜剪片子，拿的薪水微薄到只能去比学校更远的通州和别人合租一间屋子。

10多年以后的今天，闺密成了业内小有名气的独立纪录片制作人，亲自操刀的纪录片报价是十几万元一集。

10多年前，和我同在北京东五环读大学的同学进入外交部工作，无论是两国会谈，还是外交大事，都有她的身影。后来，她远赴欧洲进修，7年前远赴拉丁美洲真正地成为一名女外交官。她从来没有想到自己从小城市来，不过是在北京求学，后来自己竟真的成了一名女外交官。她说，到现在，走进朝阳门的那栋楼，依然带着敬畏和恍惚。她觉得自己何其有幸。

7年前，我在圣保罗做驻外记者的时候，认识了在圣保罗大学读硕士的Alice。她租着离CBD较远的房子，和母语是葡萄牙语的同学死磕着语言学。我记得那个时候她说，语法好难，和巴西人一起读语言学的硕士，更是苦不堪言。硕士毕业以后，她去了北京。

就在上周，我在朋友圈看到她的照片，是巴西驻华大使和国家体育总局局长会谈，她坐在巴西大使身后——没错，学语言学的她现在是巴西驻华大使的外交翻译。朋友圈底下，共同在巴西奋斗的小伙伴纷纷为她鼓掌、道贺。

也许你会说，这是学小语种的人才会有的经历和发展，这些案例都是特殊领域里的，并不是普世的。

出版圈内最有名的朋友是李尚龙。

9年前，我认识龙哥的时候，他在军校读书。我们在西安旅行时偶遇，他说要退学。也是9年前，他加入了新东方，成为一名英语老师。你试想，一个军校退学的他，人生有多少可能？从军校退学到新东方老师的转变，已经是一个奇迹了，哪会有更多的惊喜？

然而5年前，他开始做导演，拍了一部又一部戏。4年前，他出版了人生的第一本书，卖到了百万册，成为年度现象级的作家，然后一发不可收拾，3年出了5本书，每本都登上了畅销榜。这和9年前我认识的是同一个人吗？

我在新闻频道年会的视频里，看到一个同年进入央视的朋友拿了当年的优秀员工奖。她说，9年前，进入英语频道工作，我就是在这个岗位上；9年以后的今天，我还在同一个岗位做着同样的事情。9年的时间都在做一件事，很差劲——你看不上，是不是？

可是她在视频里说："一个女人最差的选择就是把青春所

托非人。幸好，我把青春献给了英语频道，献给了我热爱的外宣事业。"

我看得特别感动。

这些年，有人特别成功，像龙哥一样过得风生水起；有人默默地在同一个岗位上，依然热爱着传媒事业，哪怕从来没出过镜，哪怕始终默默无闻。但相同的是，我们都在北上广深，都在大城市的热土上，燃烧着、挥洒着我们的青春。

北京让一个个从小城市来这里上学、工作的人，从一无所有的人变成了编导、记者、外交官、翻译官，变成了全国有名的畅销书作家和导演。如果没有来北京，那些青春的精彩，那些观众的掌声，以及夜半无数粉丝发来微博私信，说他的书是如何鼓舞了自己……这些便都不会发生。

野心勃勃的你，千万不要犹豫要不要留在大城市。青春的筹码太贵，别下错注。全世界的年轻人其实都一样，尽管买不起纽约、东京的房子，但是他们仍要留在那里。

人生苦短，可以用来打拼的黄金岁月真的没有多少年，梦想还有可能变成现实的时间也没有多少年。

是你的舞台，你千万要守住。

不是生来勇敢、天赋过人，也能创造"奇迹"

叙利亚战争最前线的战地记者，是和我相熟的男生。他和我同一年入职央视，是人大新闻系毕业的。人大的新闻系毕业生和中传的毕业生都有一个共同点，就是大家对电视新闻有执念，不满足于仅仅是进了央视这个机构，不满足于只是进入这个大平台，不满足于只是说一句"我是央视的"。

毕竟，很多人会满足于"大平台"，在大平台里具体做什么不重要，重要的是可以说"我在×××工作"，说出这个大平台名字的时候，周围人会投来羡慕的目光，有些人满足于这些时刻，好像职业生涯都没有这几秒钟来得重要。

而长辈们更是觉得这几秒钟足以让一个人找到好对象，生一个好孩子，过着幸福美满的生活（讲真的，怎么可能呢？人生、婚姻这么复杂）。毕竟，相亲的时候，一份绝对稳定的工作是仅次于年龄、长相的加分项。

但我们不是。

我们是真的想要做新闻。我们对新闻有执念。

很多人都有一个战地记者梦，但这样的梦离现实太远了。甚至，在入行以后，我觉得它离现实更远了。

很长一段时间里，我们觉得好像不是在电视台工作，因为做的是和新闻完全没有关系的事情——给组里所有人取盒饭、做表格、找领导签字、准备会议室、组织会议签到。理想和现实之间隔着这么远的距离。哪怕你已经进入中国最大的电视台，但电视和我们并无太大关系，更不用说做战地记者了。

这个男生就是这样勤勤恳恳地服务于台里驻外记者的行政部门五六年，做的是帮每一个外派记者办理出国手续，去机场送一批又一批新赴任的记者出发，帮大家解决所有的后勤保障工作。

他是人大新闻科班出身，是和任何同人一样对新闻有执念的人，而在二十几岁最好年华的那五六年里，他在为别人实现新闻理想做着帮助和支持。

我一直觉得这挺残酷的。让他在一个离驻外记者这么近的部门，只能眼看着别人实现理想，自己却在帮他们寄运行李，填着一张张表格，甚至是帮驻外记者的家人举办春节慰问茶话会……

很多年轻人问我："目前做的工作，我根本看不到希望，怎么办？"

我总会回答，那是因为你根本就没有想过坚持，哪怕一秒钟。因为真正在坚持的人是不会这么想的，他们关注于自己眼前的事情，并且充实自己，随时做好一切准备，只等机会降临。

这个世界诱惑很多，机会也很多，但真正的机会属于那些有执念并且愿意付出青春深耕于此的人。

我们同一时期入台的同学要么已经忘记了最初的梦想，安于在台里的行政工作，结婚、生了孩子，忙碌于这样的朝九晚五；要么曾在外征战或者去地方记者站，也都是一轮驻外回来，开始安顿于北京，过着后理想主义时代的生活。他就是送走了无数新闻梦成真的人后，在即将而立之年，得到了一个去战乱地区——叙利亚驻外的机会。

他没有新闻工作经验，也完全不会说阿拉伯语。

他30岁了，仍然单身。

他义无反顾地去了叙利亚。他的微信签名是：If you do it right,you'll love where you are.（你会爱上你所在的地方，只要你做的是你热爱的事。）

这是一个内心有一团火、有执念的人。

他就这样成了一名战地记者。美国军事打击叙利亚时，他在镜头前，穿着防弹衣，从容不迫地做着各种直播连线。

我看着他在黑夜里就着微弱的灯光做出镜，给大家讲述叙利亚的实时动态。

我看着他一个人肩负着出镜、编辑、导播、摄像、卫星传送、新媒体直播这些多重任务。他在战地不放弃任何一个机会，再辛苦、再累都坚持着，他还在给央视新闻移动客户端做直播。在空袭前的几个小时，他说："我先睡了……要是今晚联军开始空袭，请叫醒我……"

驻外记者最苦的就是战地记者，而战地记者又是几乎所有新闻人的理想。我们另一个驻中东的记者说："我们作为记者，不仅是记录着这些巨变，其实是亲身参与到这些巨变当中。"

我们看到的是战火纷飞里战地记者帅气的身影，我看到的是实现理想的他。我给他发微信说："这些千千万万正在看电视的小朋友，此刻一定有人对着电视机，指着你说'这是我未来想成为的模样，我也想成为和他一样的战地记者'。"

但只有我们这些在身边注视着彼此成长的人才懂，从人大新闻系到进入央视，到真的变成一个记者，再到实现理想成为一名战地记者，这其中有多不易。这是我亲眼看到的，一个普通人把理想埋藏在心里，不管有多难，依然坚持到底，忠于执念，一步一步地成长为自己真正想成为的模样。

也许每一个新闻毕业生都试想过一千遍、一万遍成为战地记者，但他是少数真的变成了电视机里站在硝烟弥漫战场上拿着话筒的人。

这是我亲眼看到的实现理想的全过程。

我有一个女性朋友完成了环球飞行。我第一次写她的故事时就有很多人问，她飞行的钱从哪里来？她是不是家境殷实，所以才能去追求这些在普通人看起来很奢侈的理想？

她在我的文章后面这样回复大家：

"我 37 岁才完成环球飞行。钱，是自己赚的。我把这些年几乎所有的积蓄都用来学驾驶飞机，然后去环球飞行。"

我突然觉得，永远想着一夜暴富的人和这些真的执着于理想的人，本来就是截然不同的两种人。永远想着别人一定有什么背景的人；永远认为别人一定是衣食无忧，才能不顾一切去做自己真正想做的事情的人；永远觉得别人一定是不差钱、有着坚实后盾的人，这些人与我们的战地记者和完成环球飞行的姐姐，本来就不是同一类人吧。

在北京这些年，我亲眼看着一个个创造着属于自己的奇迹的人。我亲眼看着一个个真正能够坚守的人，正在创造价值。而那些永远暗自揣测别人，永远患得患失，永远给自己的泄气和无法坚持寻找着一个又一个主观或者客观理由的人，永远都在旁观别人的奇迹。

我们都是普通人，一边解决着生存问题，一边朝着自己的理想奋力前行。我们都不是生来勇敢，也不是天赋过人，但这并不妨碍我们创造属于自己的未来和奇迹。

"要跳入一个值得沉浸的湖里去，要跳到海里去畅游，体验它的妙处，然后可以上岸说给别人听。而不是在岸上一直犹豫着，最后时间过去了，你依然一无所知，变为一个苍白的人。"

我始终对自己说，不要做一个苍白的人，要书写属于自己的故事。

地铁很挤，但还是没把我挤回家

《东京女子图鉴》给我的印象太深刻了，一共 11 集，每集短短 20 分钟，讲述一个女人 20 年的人生。

"为什么极力离开家乡？为什么选择租这个地段的房子？为什么毫不犹豫地选择那样的男人？为什么能平静冷漠地处理生活中的一切不易？"

剧中的女子在面临每一个节点、每一个选择时，都毫不避讳地展现了都市女性的欲望和野心。比如，好奇究竟什么样的人能住在城中最昂贵的小区。结局即使已经千疮百孔，经历了各种人生滋味后，看到对面走来的看似"人生赢家"的女生，还是会羡慕。

为什么要去大城市？说什么要证明自己之类的话总是不完

全真实，尤其对于女生来说。大家之所以那么痴迷《东京女子图鉴》，是因为每个女生隐藏在内心深处却又确实存在的虚荣、欲望，想要看看上流社会的生活方式，想要跨越阶层，向往更好的生活。

然而，对我们来说，真实的生活是"北京女子图鉴"。

其实，我们每个人最怕的就是在荧屏上看到自己的人生。

我们在荧屏里看到，女主提着箱子从北京西站艰难地走上地铁里的台阶，看到她逛街的地方是 3·3 大厦，看到只要在北京待一段时间，哪怕是"王佳佳"这样的四川姑娘，说话都带着儿化音，所以我们就很容易看到自己。

确认过眼神，都是有着相似经历的人，看到这部剧多少都会想哭吧。毕竟，我们都不是甘心"找个差不多的人，办个差不多的婚礼，过着和父母差不多的日子"的人。

为什么要去大城市？房价那么贵，生存那么不容易，那么辛苦，那么难，没有亲戚，没有熟人，没人能帮你，为什么还要去？

我一直很喜欢"叙姐"说的："我们这一生的最大理想不就是把自己过好吗？不再重复上一代的模式，不必依赖任何人的施舍，按自己的喜好不断修正自己，将原生家庭、成长挫折、社会现实对自己的影响降到最低，活成自己喜欢的模样。"

《北京女子图鉴》中女主陈可到北京后，走投无路又没有钱，只能找以前并不是太熟的同学王佳佳。王佳佳帮她拿着箱子，走在北京昏黄的路灯下。陈可在经历了各种挫败之后，还是跟着王佳佳走。这是两个女生之间的仗义和惺惺相惜。

王佳佳在北京过得也不是很好。住在高档小区的地下室里，只有一小块区域有手机信号，屋子里乱作一团，却没让陈可睡沙发，依然愿意和她分享一张床。

我在北京很多年，虽然没有过走投无路的窘境，也没住过地下室，但是总有那些喝水都塞牙的难过时刻。

有一次，我从东五环坐地铁倒公交车，折腾两三个小时，跑到西五环阿韵租的小屋里，什么话都没说，她当时的男朋友——现在的老公（我们现在叫他"家长"）买菜做饭，给我们准备了一顿火锅，他自己匆匆吃了几口，就去台里值班了。我和阿韵抱着枕头在沙发上聊天聊到深夜，没有互相安慰，也没有细问发生了什么，就是在这个偌大的城市里，每个女孩都是需要很多个"王佳佳"才足以挺过那些难关，熬过那些长夜的吧。

后来，阿韵和她老公也在巴西常驻，我每次去他们所在的城市出差，"家长"都会做好吃的。再后来，我们回国，即使再忙，我也要和刚出月子的阿韵吃饭聊天。现在，"家长"在白俄罗斯，我们在北京，逢年过节互相问候，"家长"发来微信说"我们这票人到底是志同道合"。

兜兜转转，在我自己的北京故事里，头几年认识的闺密们都依然奔波在世界各地。即使我们后来有人结婚生子，有人依然单身，但都没有妨碍——确认过眼神，都是不甘心的人。我们都在写着自己的北京故事、深圳故事、巴黎故事、东京故事。

有读者说："想起我刚到深圳的时候，看到公交站台上写的'来了就是深圳人'，我当时心里就想：我要在这座城市混出个样儿来。"

其实，我们过得苦吗？在我看来，应该都不容易。"你要是真想过得特别舒服，何必来北京呢？"

是啊，真实的生活是："在天津念 4 年大学，在北京工作 3 年，现在在首尔读 MBA。年近 30，尚未体验过人生巅峰，倒是吃了不少苦，对人生还在寻寻觅觅中。"

"尚未体验过人生巅峰，倒是吃了不少苦"，这才是每一个在大城市漂泊的伙伴的生存现状吧。就像那句台词："其实住哪儿不重要，重要的是出了这个门以外的世界，才是你必须好好收拾的世界。"

我很喜欢这句台词。

我们在北京、上海、深圳、纽约、巴黎等地住最小的房子，坐最挤的地铁，目前都尚未过得很好，我们依然对门外的世界充满了向往和期待。所以我们即使到目前为止吃了不少苦，尚且没有体验过人生巅峰，我们也依然在喜欢的城市里奋斗着。

当我们如同《东京女子图鉴》或是《北京女子图鉴》里的女主一样，瘦小的身躯提着最重的箱子，住在最小的房子里，心里却盛放着最大的梦想，没有亲戚、没有熟人却拥有最牢不可破的北漂情谊，其实我们早就确认过眼神，都是不甘心的人；确认过代价，都是要留在这座城市的人。

毕竟，我的读者说："北京的地铁很挤很挤，但还是没把我挤回家。"

年轻时不搬几次家，不足以语人生

如果时间像过电影一样，如果我自己是那个女主角，那么这个女主角最多的戏就是收拾行李，拖着箱子，搬到一个又一个新的地方，并且独自一人。

如果把这么多年都压缩成一分钟的镜头，那么，说真的，看电影的人应该只能看到我提着箱子，不停地在机场、车站、陌生的城市里行走。这么多年，我逛得最多的地方是宜家。

我不是一个爱逛超市的人，所以更不用说逛这些家居用品，因为这么多年，我把每一个住过的地方都叫作"家"，其实哪个都是匆匆走过，也不曾是家。

有一次周末去宜家，其实闭着眼睛都知道我会买一样的杯子、一样的碗筷，精准到要买一样吃面的碗。我已经不再是憧憧粉红色生活的小女孩，知道哪些杯子要买两个，哪个碗只需要买一个，日常的生活里不需要什么惊喜，只要那种无论住在哪里都用一样的东西这种熟悉感就足够。

因为住处变化得越多，越要求例行的东西不变，以此换得一些内心的安全感。

回来的路上，顾小姐无意间问了句"你打算在这里住多久？"我一下子愣住了，说："先住着吧。"

这和买房子没关系。这么多年，工作需要也好，安放理想也好，家庭需要也好，国内国外，我在很多城市搬过家，我自己从来没有在哪个瞬间觉得"就是这里了"，然后在这里长长久久地住下去。

我身边有很多和我一样的女性朋友。如今问她们生活在哪个城市，她们一下说出两个城市的名字太正常不过了。

一个单身在创业的朋友说，她家在宁波，公司在杭州和上海，一个月平均分配在这三座城市里。哪里是家，好像有点难回答，甚至连常住在哪儿都有些说不好。通常她会说，常住在"包邮区"。如今好像任何人已经无法回答自己的家究竟在哪儿，但我们默认的"家"就是爸妈的家。

从毕业那年到现在，我都特别喜欢曾轶可的那首《新的家》：

　　找了好久的房子

　　终于决定停在这里

　　落满灰尘也没关系

　　因为我已经没有力气

　　…………

　　我还记得在北京租的第一个房子。当时因为工资有限，又想离台里近，最后租住在西三环的一个老式居民楼里，是那种六层高、红色外墙的老楼。我和房屋中介的人一起走到腿都要断了，最后终于找到了一个至少有地板，不是水泥地的房子。小区有一个大大的铁门，老太太们成日里都坐在门旁边唠嗑。

　　我还记得刚搬进去的第一天，邻居奶奶来敲门，送给我一点水果，当然也是想看看新住户到底是什么人。邻居奶奶走到厨房，看到菜刀随意地放在台面上，语重心长地对我说："姑娘，一个人住，菜刀不要放在明面上，万一进来坏人，不安全。"

　　邻居奶奶不知道的是，从那以后，这个女孩无论搬到哪里，都记着这句话，先把家里的菜刀放起来。

　　其实，每一个在异乡打拼的女孩应该都会感同身受，那些独自一人打拼的日子里养成的很多习惯，就是因为这些萍水相逢的人和他们的善意。他们无意间的一些话，让我们带着一腔孤勇，又咬牙走了很远的路。

伊小姐说，这些年，我们考虑租房子的时间远远超过买房子。我身边的朋友，包括我自己，买房子反而没有那么纠结。好像冥冥之中，我们知道自己可能依然会去新的地方，会搬到陌生的城市，无论是国内还是国外，从未想过"这个房子就是家了"。然后，就真的活出了那么点四海为家的感觉。

....

打开门和锁上门

我是两个样子

希望这个地方

没有人会问我的过往

希望这次　能够住到

树叶变黄　窗子变亮

天气变朗　忘掉过往

其实，我们这一生都在寻找安全感，无论男女，无论多大年纪。至于我为什么还要搬家，还要去新的城市，就像在上海

的读者见面会上，读者问我关于要不要读 MBA、要不要去新的
行业，本质是一样的。

我自己如何衡量生命里这些变化呢？

我在收拾行李的时候，出发去机场的路上，飞机起飞的那
一刻，搬到新的住所从头开始的那一天，我依然能够感受到那
种激动。这就说明我还没有厌倦，依然有所憧憬，依然满怀着
无限的期待，依然相信未来会变得更好。

这种激动是非常珍贵的感觉。在这些重要的时刻里，你要
用心去体会。

因为这是在一成不变的生活里的人很难有的感受。我们在
住所的变动、工作的变动、行业的变动、身边圈子的变化过程中，
这种激动人心的感觉常常被唤起，就像我们在某个时刻遇到某
个人，发现是能够彼此懂得、交换自身不同能量的人时产生的
那种久违的快乐。

我们需要生命里的这些变化、这些遇见、这些唤醒来感知
我们平日里已经麻木的情感，我们从这些丰富的体验里获得自
身缺乏的某些能量。

二十几岁的女孩都想赶快找到那个对的人，好在 30 岁前嫁
人、生子。可是，你从来都没有仔细想过，你如今都还没有谈
过恋爱，哪怕是相亲，匆匆嫁人了，你甘心吗？

你要知道，单身女青年憧憬婚姻，而结了婚可是再也不能谈恋爱了哟。你单身的时候，一直想着要结婚，连自己都没有意识到，你握着最珍贵的谈恋爱的权利，其实并不是人人都有的。

我们永远都紧盯着自己没有的，从来都不去珍惜和好好享受我们正在拥有的。工作如此，感情如此，买房、租房也是如此。

桃子之前对我说，她最羡慕刚进公司的年轻人，租房子住在一起，下班一起吃饭，回到家一起说着恋爱心事，还有着天不怕地不怕的梦想。

对我们来说，这样的青春已经不再来，而正在拥有的你们，应该用力地去拥抱。大哭大笑都好，不用去纠结什么安稳或者动荡，不用去烦恼什么时候才能有个家，更不用去想等到买了房、换了工作、结了婚、生了孩子以后如何……

相信我，你不会有这一天的，生活永远会有新的变化和惊喜，你要知道，重要的是此时此刻，珍惜此时居住的城市、热爱的工作和陪在你身边的人。

最酷的不是 18 岁那年流浪，而是 28 岁依然敢梦敢当

有一次，我打开微博，看到有一个读者在我新年发的图片下留言。她说："太喜欢你了，书里面很多句话我都可以背下来了。"

我愣了一下，这句话为什么这么熟悉？其实，我在签售会上没有听任何人说过一模一样的话，也没有在后台留言里看到过完全一样的话，但这一字一句好像就在我心里。这不是任何人对我说过的话，而是 18 岁时的我经常在脑子里的话。

18 岁时的我，喜欢读三毛的书，喜欢张爱玲，也看白岩松的《痛并快乐着》，热烈地爱着这些我喜欢的作家，把他们的书看了一遍又一遍。三毛说："远方有多远？请你，请你告诉我。到天涯海角，算不算远？"

白岩松写道："一个人的一生中总会遇到这样的时候，一个人的战争。这种时候你的内心已经兵荒马乱、天翻地覆了，可是在别人看来你只是比平时沉默了一点，没人会觉得奇怪。这种战争，注定要单枪匹马。"

18 岁时的我，热烈地喜欢过很多作家，能够背下他们书中的很多句子。很多时候，他们的话好像长在了我的身体里一样。在后来的很多次旅行中，很多个场合下，很多个痛哭的夜里，在很多人的聚光灯下，我想起这些印象深深浅浅的句子。

当我在微博上看到有读者喜欢我的书，能把我书里的句子背下来的时候，我懂这种感受。但我最感慨的是，原来我们都高估了梦想的难度，低估了自己的野心。

18 岁时的我，在背着别人书里的句子，从未想过，有一天读者会像我喜欢三毛、张爱玲的书一样喜欢我的作品。

我们总是认为，我们想要的那个未来很难实现，难到我们甚至都不去想了，难到随着年龄渐长，我们都已经忘记了那个 18 岁时心心念念想要的未来。

2018 年年初，阿韵给我发来微信，就写了几个字："亲爱的，我辞职了。"

我脑子里冒出的第一句话便是："什么也不能阻挡一个女

生想要新生活的决心。"

我们经常找诸多理由——新工作不稳定、压力大、孩子没人看、婆婆不满意等，在新生活面前显得苍白无力。

2017年8月，我在北京签售新书，阿韵给我发微信，说要和我约饭。我说："时间特别赶，签售都是连着的，晚上还约了客户聊合作。如果一定要约，可以在晚上九十点。"我自己是没问题，但阿韵那时候刚出月子，我印象里产妇不都是一级保护对象吗？真的可以大晚上跑出来和闺密吃饭吗？

她说，没问题。

我当晚约的第一个是客户在东三环，阿韵住在西五环，和她约这么晚见面让我心里万分愧疚，所以我说："我完事儿了去你家附近找你。"然而她坚持说："没关系，我们找个折中的地方，我9点钟就去等你，这样可以多聊一个小时。"于是，我们在东方新天地聊到了晚上11点。

她让我猜猜她刚出月子时，做的第一件事是什么。她说，她出了月子第一次出门，就是去某个被业界非常看好的互联网公司面试。

一个刚生完孩子的女人，在网上投了简历，还是在出月子的第一天，换上了衬衫、牛仔裤，参加一个完全陌生的行业、陌生领域的面试。

这个公司 2017 年发展势头迅猛，而 2017 年阿韵在忙着待产，她是传统媒体人，对于新的行业、新的技术分发生产内容、新的算法科技营销完全陌生。哪怕她应聘的职位是面向我熟悉的拉丁美洲市场。但是，在拉丁美洲市场开拓如此新的行业，更是前无古人的挑战。

那次聊天，我们详细聊了去互联网工作会面临的问题。我说你真的不能低估转型的难度，因为我的助理们都是 1992 年以后出生的，如果我们团队再新招人，我更倾向于招 1994 年往后出生的。我想表达的是，这是一个平均年龄特别小的行业，而阿韵和我一样，今年 30 岁，她要从零开始。

聊完我也就忘了这件事，然后就是开头的那一幕，她说她换工作了，去了那家公司，带领一个小团队。然后，她又说，她是团队中年纪最大的，同时表示公司 HR 比我们都小的时候，这种感觉真的很奇妙。

我们都低估了自己的野心，而我更是低估了一个妈妈的决心。

我们总是在说，到底要不要辞职，要不要考研，要不要去相亲，然后结婚。这几个问题几乎可以涵盖我们迷茫的一切了。

我们在心里计算了一遍又一遍得失，盘算着一遍又一遍利弊，我们不愿意放弃眼前的安逸，又不妥协、不甘心，然后过得异常痛苦。有些女生非常爱岁月静好的家庭生活，这完全没问题，因为每个人心里要的远方不一样。但有的人明明不爱却又说服自己去爱这种生活的样子，真的很拧巴。

你心里明明想要更新鲜、更精彩的未来，却又不上不下，迈不开腿往前跑，也不愿意付出已有的任何东西，去换一种新生活。

这才是最不能有的状态。

其实，辞职、考研、相亲，本质上我们在说的是同一个问题：你愿不愿意付出现有的稳定，去争取你想要的未来？

如果把我们现有的生活比作一个饼状图，我一直说，如果我们不放弃这个饼状图中的一角，那么新的生活又将如何进入这里呢？放弃现在饼状图中的一角，一定是一件痛苦的事情，但不只是你一个人痛苦，所有人都是一样的。你要知道，新的内容填充进来，没有你想的那么难。

阿韵说："我所有的工作内容都是新的，原有的知识结构需要彻底重塑，但自己激动万分，感受到了前所未有的活力。"

30岁，抛开原有的工作节奏和状态，重塑所有的知识结构，一头扎入 3 个月就会发生彻底改变、需要不断学习、持续更新知识体系的互联网领域。

难吗？

当然难，但没有想象的难。

累吗？

当然累，比想象的累。

但是，这一切都比想象中的还要让人激动万分。

所以，要不要辞职去考研，要不要相亲，其实这个问题变得特别好回答了。一切都要看你是甘愿匆匆度日、碌碌无为，还是愿意付出一切努力，争取一个最好的结果。

对很多人来说，"60 分真的不行，而是想要 100 分的人生"。

18 岁时只做到及格不难，因为大多数人都是这么做的。难的是，28 岁，努力过、跌倒过、挫败过，知道现实有多残酷，依然愿意养着梦想，依然满怀希望努力做到满分，满怀期待更好的生活。

《中国有嘻哈》里，我最喜欢的一句话是："梦想养不起我，那么我就先养着梦想。"

最酷的不是 18 岁那年流浪，而是 28 岁依然敢梦敢当。

应该全力以赴的时候，千万别纠结

2010年我毕业的时候，印象中是在梅地亚中心的某个会议室里，同一批入台的小伙伴坐得满满当当的，我们签下人生第一个叫作"三方协议"的合同，这才是我真正开始北漂的那一刻。

好像就是这个春天，这样的3月，我觉得人生漫长，因为我终于站在了起跑线上，未来可期。但是，这样生机勃勃的大型签约场景，在那些已经在台里工作的同事看来是很滑稽的。有一年，我参加台里社招的时候，一个个面试者小心翼翼地递材料、做自我介绍、回答问题等。有位老师说："其实每个人都是这样入台的，但是入台后，你就再也看不到这样的眼神了。"

是啊，因为当我们签完"三方协议"以后，简直让我们整个青春都陷入了焦虑。我现在回想起来，2010 年的那一天直到后来的每一年，我真的太焦虑了——焦虑工作没有起色，焦虑在台里找不到自己的位置，焦虑什么时候才能在这座城市里拥有一个属于自己的房子，焦虑未来的老公在哪里。

哪里还会记得做自我介绍时的雄心壮志？

如果能再回到 2010 年，我真正开始北漂的年代，我有几句话想对自己说，在这里分享给你们。

没有一份工作会让你孤独终老，
应该全力以赴的时候，千万别纠结

我刚毕业的时候，在观摩别人的人生上花了很长时间。我羡慕那些在职场上呼风唤雨的女强人，我更羡慕台里那些前线女记者，羡慕我们频道的女总监。她们头脑清晰、思维缜密，说起话来温柔里带着果断，眼神澄澈又坚定。我们频道的女总监是我的直属领导，她穿着阔腿裤和高跟鞋从我眼前走过，那是刚毕业的我脑海里挥之不去的画面。

我当然希望变成她们。

但是，我不得不承认，总会听到频道里一些很清闲的女同事说："那些女记者哪里有私人时间？ 24 小时都要开着手机待命，女领导更别说了。你就数数她们有几天能正常回家吃饭的。"

说这些话的女同事通常都是一副岁月静好、人生赢家的得意神情。在那个时候，这些话、这些神情足以碾轧风光的前线单身女记者。

那个时候，我刚毕业，这些神情和女记者们在台前犀利的目光交错在一起，足以让我迷失。2010 年到 2019 年，9 年过去了，我才懂得，在那个时候思考究竟要过什么样的生活，究竟要不要全力以赴，是完全没有意义的。

时间只往一个方向走，可以用来打拼的时间只有这么宝贵的几年。有一个最拼的女记者后来真的变成了主持人，嫁给了合作很多年的摄像老师，而守着清闲岗位的女同事过得也没有看上去那么得意。你要知道，没有一份工作会让你孤独终老，没有一份工作会阻碍你儿女双全，千万别在最年轻的时候被这些女强人或者贤妻良母的标签所迷惑，而错过了全力以赴的最好时机。

9 年的时间里，我知道了那些一开始就选择全力打拼事业的女生，最后都过上了想要的生活。有的女生做了主持人以后辞职创业，也嫁了人、生了娃；有的女生远渡重洋带着先生一起在古巴做驻外记者。而那些在犹豫要不要拼一下的女生，始终停留在原地，在迟疑中错失了最好的机会。

毕竟，最不等人的，是时间。

和谁在一起都可能会分开，
别为了确定的结局而患得患失

毕业以后，我们在恋爱这件事上浪费了太多的精力，甚至是心神不宁、焦虑不安。我们在青春年少时幸运地遇到了很喜欢的人，本该尽兴恋爱，但我们生怕他不是那个对的人，所以，我们在谈恋爱的时候患得患失，纠结于那三个永远都不确定的问题：他爱我吗？他爱我什么？他会爱我多久？

后来，我们花了很长时间甚至很多年，遇到过一些或好或坏的男生以后，我们才懂，这三个问题不是他们不愿意回答，而是他们自己也不知道。又过了很长时间，我们才懂，我们自己又何尝不是这样。一定要等到很久以后才知道，一段关系哪有什么确定性可言，在一起会分手，结婚了会离婚。唯一可以确定的是，和谁在一起都可能会分开。这才是任何一段关系的结局。

既然如此，我们为什么还要浪费时间患得患失，琢磨那三个不可爱的问题呢？有一个闺密说，把最好的年纪用来谈恋爱真的是年少时候做过的最正确的决定。

我和公司里的小姑娘聊天，说到谈恋爱最重要的是什么，是天长地久永远在一起吗？

我也问过琳达这个问题。她说："哪来什么天长地久，最重要的是一万年太久，只争朝夕啊！""最重要的是，你特别特别喜欢他啊。"我大笑。

是啊，直到后来我们才懂，**最珍贵、最难得的根本就不是被爱，而是你特别特别喜欢那个人时的激动**，而这种感受在青春年少时最容易体会到。

"人的一生，如果真的有什么事情称得上无愧无悔的话，在我看来，那就是你的童年有游戏的欢乐，你的青春有漂泊的经历，你的老年有难忘的回忆。"

每一个春天，我都会把肖复兴老师的这句话拿出来反复读。可能随着年龄的增长，我会越来越迷恋春天里的这种生机勃勃。因为我知道，人这一生不可能永远都是高歌猛进，也不可能永远都激动人心，一定有冬天要过，有夜路要走，所以才会在每一个春天到来的时候，尤为珍惜。

　　而正值青春的你们，千万不要患得患失，该全力以赴的时候就拼命往前跑，大好青春用来谈恋爱也值得，在每一个这样的春天里都默念一遍：一万年太久，只争朝夕。

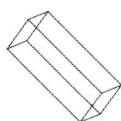

PART 6

一万年太久，
只争朝夕

　　我们不知道未来如何，只有此刻最值得。如果此刻没有

愿望，那么未来如何来？

被动选择的人最容易后悔

有个闺密说："过年的时候，和亲戚一起吃饭是最尴尬的事情了，因为实在不知道说些什么，甚至和亲戚家的同龄孩子也找不出什么共同语言。因为这么多年来，每个人的境遇各不相同，父母给安排工作、在家里有车有房的弟弟，和北上广押一付三交着房租、每天通勤四小时上下班的姐姐，过的已经完全不是一种人生了。然而长辈们总说，工作还是轻松些好，日子能过就可以了……"

2019 年吃年夜饭的时候，我们又说起这些话题。我突然就想：那些劝我们人生不要太拼的长辈，他们有没有真的过上年轻时渴望的生活呢？又或者说，他们人生过半，对自己的现状和境遇满意吗？如果人生可以重来，他们会不会还选择和现在一样的活法呢？

命运究竟在其中起着什么样的作用？

然后，我在吃年夜饭的时候，就真的问了长辈们这个不讨喜的问题。因为我太想知道了。也因为长辈们人生过半，有资格来谈论命运。

体制内的，体制外的，外企民企做高管的，自己开厂做生意的，做老师的，当医生的，普普通通的上班族，我们家亲戚真的是齐全了。然后，我发现了几个规律：有两种人是满意现状的——自己选的和无意识的。

我原本以为对自己人生的满意程度与人生成就有关，与辛苦程度有关，或者与经济状况有关。

但都不是。

我爸爸和我伯伯都对现状很满意。他们早早跳到体制外，人生经历了很多选项，外企、民企、自己开公司，又或者在外企做高管，再跳到民企。总之，他们是那个年代的人里头最能折腾的。

每一个跨步，每一个风险承担，每一个境遇转折，都是自己选的。

我爸爸一直说，他们那个年代从体制内跳出来，和我们这个年代换工作的风险是完全不同的。回想过去几十年，自己几乎所有年轻时想要实现的、想要经历的，竟也全部做到了。

回过头来看，他们的人生有很多很多故事，包含着刚刚改革开放，外企进入中国，历史的痕迹夹杂着自己的人生，我爸爸经常会说起第一任新加坡老板，那是他们那个年代对于外企的记忆。

与其说是命运决定他们有这些经历，不如说是他们选择了这样的命运。

他们自己选的，如今都很满意。这和成就无关，和经济状况无关。

还有几个亲戚是普普通通的上班族，毕业后分配的工作，一直做到退休。他们说，他们年轻的时候也没想过要成为什么样的人，就是分配了这个工作，受着、做着，然后组建家庭，把薪水拿回家，养家糊口，其他什么都没想过，然后日子也就这么过来了。

他们满意吗？他们说，也挺好，人生苦短，这样高高兴兴是一天，不高兴也是一天。没想那么多，就觉得也挺好。

他们可能是我们大多数长辈的样子。没有大风大浪的经历，没有呼风唤雨、惊天动地的能力，只是做着一份工作，用这份工资养家糊口，就是生活本身。

我发现，人生过半，这两种人对现状都很满意。要么是自己一手选择的道路，很辛苦，也很甘心；要么就是无意识地过着平淡的生活，平平常常也是知足常乐。

被动选择人生最后悔，
包括被动承担都没来得及选的

我真的太喜欢我们家亲戚了。说实话，年夜饭问这么不讨喜的问题，大家还认认真真地回答。有人对我说，他对自己的现状不满意。然后我追问：如果人生重新来一遍，你还愿不愿意过现在的生活呢？

"我不愿意。如果再来一遍，我一定不要这么过。"

我听得感动又难过。

说实话，很少有这么诚恳的长辈愿意说这样的实话。我想的是，如果我60岁的时候，有小辈问我"对人生满意吗"，我会怎么回答。

那些能说出"我不满意"的人，他们的人生该是多么难过。

为什么不满意？被动选择是人生最无奈的一件事。被动选择了不喜欢的工作，然后一干就是一辈子；或者被动选择了自己不满意的另一半，然后一凑合就是整个人生，这两个真的应该是我们最不想发生的事儿了吧。

我问了好几个亲戚，总结了规律后发现，这两件大事是不满意现状的根源。被动选择和接受，你能说这是命运吗？

其实我不知道。

因为就余生而言，我也应该还太年轻，我对命运抱有最深的敬畏。即便如同我这般乐观的人，也不愿意被动选择或接受，然后说"这是命运"。我亲耳听到年过半百的长辈真的说出这样的话，我深感震撼并且引以为戒。

顾小姐对我说过："时间还很多，多大的错误都来得及扭转和补救。"可我想的是，在 60 岁退休的时候，说这根本就不是我想要的一生，应该才是这辈子最大的遗憾吧。

还有一件很有意思的事儿，在吃年夜饭的时候，我姑姑说，她从来没想过什么年轻时候想要成为什么样的人，然后大家笑笑也就没再继续。

然而，大年初一，一大家子人一起去拜年时，我姑姑突然走到我旁边说："晴悦，你昨天问的问题，我回家想了很久，我为什么就没有什么梦想呢？"

我都快要笑岔气了。我以为励志是年轻人的话题，没想到长辈居然这么把我的问题放在心上，还想了一晚上。她说，因为她们那一辈的女人，结婚以后就埋头于家务事，用苏州话说只有三个字"买汰烧"，就是买菜、洗菜、做饭的意思。

我姑姑说，这三个字几乎就可以概括她的几十年了，每一天忙于这些家务事，这些年就这么过来了。这倒不是说有多么不好，只是我姑姑说："埋头于这些家务事，哪里还有空闲抬起头来想自己有什么梦想这种奢侈的话题？"

她们那一代女性被动承担了太多，根本就没有哪怕一丝的空隙去想自己的人生该是什么样。"她们"包含了太多太多的人，也包括我的妈妈。

年夜饭上的这个话题，比我写的任何与我同龄的女生的故事都要有血有肉。因为我亲爱的长辈们，用他们的人生在回答这个问题。好的、坏的，开心的、难过的，他们认真对晚辈说，也认真反思，然后把时间告诉他们的事再告诉我们，好让我们不要犯同样的错误。

在听了各式各样的回答之后，回答开头的话题。到底什么是命运呢？什么是命好呢？

我想，如果真的到要听天命，也不是一开始就被动选择和接受，尽人事，然后才是听天命吧。

认识金字塔尖上的人，才知道世界的广阔

我创业的第三年，一个很偶然的机会，和联想的创始人柳传志老师一起吃了顿晚饭。从晚上六点半吃到快十点半，老爷子对我说："小孙啊，不管公司大小，你的公司开着，哪怕解决几个人的就业都好，背后都是几个家庭，这就是企业家对这个社会的担当。"

我连忙说："我这种麻雀似的小公司，哪有什么企业家精神？"

我去北京上大学也好，去央视工作也好，做驻外记者也好，哪怕是现在写书、创业也好，我能够想到最大的可能性，就是作为央视记者采访柳传志老师。这已经是我做梦都不敢想的事了。

实现起来也确实挺难的。对于在苏州上高中时的我来说，实现起来的难度太大了，我和北京都没有交集，更别说什么央视了。哪怕进了央视，里面还有那么多的记者、主持人，哪里轮得到我一个小员工呢。我根本没有想到生命里会有这样的时刻，能和这样的传奇企业家一起吃晚饭。

我怎么也没想到做自我介绍的时候，都不用说"我是××公司的×××"，也不用说"我是央视记者×××"，居然就可以说"我是孙晴悦"。

要知道，在台里的时候，很长一段时间里，我都陷入了一种自我怀疑，我觉得别人接受我的采访是因为我是央视记者，别人肯坐下来聊几句是因为我拿着央视话筒，而拿话筒的人可以是我，可以是别人，可以是任何人，又或者说，除了那只话筒，我连自己是谁都不知道。

过去每次采访，我对别人说"I am Sun Qingyue, from CCTV"的时候，我都有点沮丧，因为总觉得别人只听见了CCTV，而我究竟是谁，别人根本就不关心。

那天和柳传志老师一起吃饭的某个瞬间，我觉得自己又登上了一个台阶。

这样的瞬间，在30岁以后，我常常有。我20多岁的时候，拼命想要把自己的世界活得很大很大，我觉得我要去最远的大陆，看最辽阔的星空，跳最纵情的舞，喝最烈的酒。

新认识的某总，看到我在亚马孙雨林里和部落首领一起拍的头上戴着羽毛的照片，说："你真是个有意思的姑娘，你以为跑到那么遥远的雨林里，你的世界就大了吗？世界确实是很大很大，但你要有本事把它过得越来越小。当然，你这么聪明的姑娘，肯定知道我说的'小'当然不是指自己的一亩三分地，不是囿于厨房和餐桌，而是金字塔底端的人。你要知道，隔行如隔山，而金字塔尖的人，所有人都互相认识。"

仔细一想，还真的就是这么个道理。在金字塔下层，人和人之间隔得很远，当老师的不认识电视台的，做 IT 每天写代码的不认识电影剧组的工作人员……但是当你不断地往上走，你就发现金字塔尖的牛人们互相之间都认识。

马云和王菲认识，无论他们的行业差别多大，这就是事实，金字塔尖的人之间互相认识。

好像就是到了某一天，我发现我 20 岁出头时拼命想要靠近、拼命想要认识的人能轻而易举地认识。

好像就是到了某一天，我去苏里南出差，发现十几岁时认识的偶像哥哥和使馆接待我们的外交官是大学同学。一同参加晚宴，邻座的女孩连续两年登上了福布斯 30 岁以下精英榜单。

我的世界就是这样，在 30 岁之后，变得越来越小了。

然后我再回头看，这一路走来，真的就是那句歌词——"我没有生来勇敢，天赋过人，面对人山人海只剩一些诚恳。"

20 岁的时候，那些努力和汗水，那些小心翼翼却又带着巨大的诚恳和渴望的眼神，还是能够帮助自己的。我想要认识更多的人，想要看见更大的世界，想要登上更高的舞台。

现在这个年纪，我一眼就能在年轻人中辨认出这样的眼神，然后想起 10 年前的自己。我相信，每一个这样过来的企业高管也好，媒体人也好，作家也好，对于这样的后辈愿意给予不遗余力的关照。因为那就是曾经的自己。

而我虽然远没有登上金字塔尖，但是 30 岁以后，看着变小的世界，看着人与人即便脱离了同专业、同领域，还能轻易认识并惺惺相惜，这种感觉就像是终于爬上了半个山头，遇见了可以干杯畅饮的那个人。

某一天，一个投资人姐姐给我发微信说："李开复老师的（前）助理，一个和你年纪差不多大的女生想要认识你，我拉个群，你们互相认识一下呀。"

就这样，我认识了 Kira。两个此前毫无交集，彼此领域全无关联，但第一次见面聊天就是最深的懂——都不用解释，甚至不用铺垫故事背景，想要说的事情，想要表达的情感，好像是在看另一个自己。我们可以一起聊工作聊得眉飞色舞，让人觉得世界是我们的；我们也会一起吃饭时，能看穿彼此在别人羡慕外表下的隐忍和沉默。

这种惺惺相惜的爽快感，是你和从小到大一起长大的闺密间完全不同的感觉。它是一种你爬到金字塔中间才会发现，惺惺相惜竟是这么美妙，人与人之间隔得比你想象的要近。

正是你体验过这种奇妙的感觉，你有了更大的勇气向上攀登，因为你只有亲自体会世界一点点变小，而风景却越来越辽阔，你才会迷上永远在路上的感觉。

加油吧，和你们共勉。

既然要许愿，一定要许个大的

之前教我萨尔萨舞的西班牙女孩回国了，换成了一个智利的男生 Javier。他是一个在商学院读书的少年，智利人，在德国读大学，2019 年来中国做交换生一年。我说："年轻人，你正是参加聚会的年纪，现在是不是夜夜笙歌，每天都不知道几点回宿舍？"

Javier 说："聚会归聚会，我学习是非常非常努力、毫不含糊的。从智利去德国，我拿的是全额奖学金。现在来中国做交换生，因为这里是全球经济增长最快速的国家，我想要亲眼看一看中国什么样。"

他想亲眼看一看中国是什么样子，亲身体验一下，自己距离想要做的事情、想要成为的人还有多少距离，在哪些方面自己要付出多大的努力，以及如何做到。我简直被这个少年的话点燃了。

"我想要亲眼看一看中国什么样"，我很久没有听到过这样的话了。

他问我为什么会说一点西班牙语。

我说，我在拉丁美洲工作过 3 年。他又问我，为什么选拉丁美洲。

我说："因为我在你那么大的时候，想亲眼看一看拉丁美洲什么样。想看看魔幻现实主义马尔克斯的城，想在波哥大重读一遍《百年孤独》，想看看切·格瓦拉的古巴，想看看到底是一种什么精神才能说出这样的话。切·格瓦拉是我心目中真正的理想主义者。'让我们面对现实，让我们忠于理想'，还有我最喜欢的那句，'我怎能在别人的苦难面前转过脸去'。"

我说过和他类似的话："我想亲眼看一看拉丁美洲究竟什么样。"

所以，我听到这个热血少年的话，真的有种久违了的感觉，不禁激动万分。

他说，决定来中国做交换生，是因为中国的互联网和电子商务有着全世界最先进的模式，这一年结束后，他要回德国写论文答辩，拿到学位后想来中国工作。

"我知道，这听上去简直不太可能，我和中国都没有什么关系，中文也不会说几句，但这是我的梦想。我会努力。"

这两年，我很少听到这样天马行空的少年梦想了，好像大家都在解决很实际的问题——在哪座城市买房，多少岁结婚，要不要生二胎。就像是琳达说的，没有新的话题，哪怕一点点都没有，更不要说这样的少年梦想了。

我听 Javier 说这些话的时候，笑出了声，他以为我在嘲笑他的梦想。但是，我说完全没有嘲笑的意思，因为我上大学的时候，就是抱着这样的梦想。最后，岁月会告诉我们，拥抱着一切不可能的梦想有多重要。

我大二的时候，去巴西做交换生，也正是那一年，我感受到那片土地上的自由和随性，遇到了非常非常好的巴西人。我在心里想，有机会一定要回巴西工作。

Javier 说："我非常喜欢中国，不只是因为中国经济发展迅速，还有一个原因是我在这里认识了很好很好的朋友。国籍、地点不重要，重要的是我在这里遇到的朋友。他们是我这辈子最好的朋友。"

你看，不分国籍，不分年龄和性别，少年的话都是如出一辙的。

10 年前的我和现在的 Javier，怀抱着梦想的少年是一模一样的。

我告诉 Javier，我曾经做了一个和他一模一样的梦，然后我真的回到巴西工作，在生命里感受过无限的可能性，去过最偏僻的雨林，看过最热闹的狂欢节，吃过无数顿最孤独的饭，也认识了有着过命交情的朋友。后来，再回到中国，重新在新的领域里耕耘。

他的眼睛在发光，好像看到了自己的未来。

他喃喃自语："我就知道，都能实现。"

我 20 岁的时候相信，现在依然相信。我深深地体会到，在少年时怀抱梦想并不难，难的是永远像一个少年一样。

我身边好多朋友都说，已经不相信新年愿望那一套了，也完全没有准备任何愿望，对于新的一年更没什么期许。要不然就是身体健康，最好多赚一点钱，和家人一起出去旅行，好像每年都是这些愿望。这些愿望当然重要，它们是我们最本质的诉求，但是如果我们每一年都像一个少年一样，许下一些不现实又或者有点理想主义的愿望，那么我们的人生是不是会有更大的惊喜，会多很多很多精彩的时刻呢？

我从未想过自己写书出版，我以为我会一直做一个好记者，做一个电视人。我在 2015 年新年愿望里写下："告别巴西，完成写作。"

寥寥 8 个字，竟给我后来的生活埋下了线索。

我没想到，正是 2015 年，我想要写一本书，然后出版，后来都实现了，实现得比想象中的还要好一万倍。

我之前对助理说："你一定要好好写自己的新年愿望，既然许愿了，就许个大的！不怕实现不了，就怕你真的连许愿这样的事情都不再相信了。你再也没有'我想亲眼看一看×××'这样的少年情怀，只剩下去哪里旅游、拍照，然后发朋友圈。你要知道，生活本可以有更大的彩蛋和情怀。"

前提是，你要相信。

前提是，你要永远像一个少年一样敢做梦。

我看到愿望有的实现了，有的破灭了，但是回想我今天拥有的一切，无一例外都是我许下的愿望。

去北京上大学也好，去央视也好，做驻外记者也好，出版自己的书也好，全国签售也好，有自己的公司也好，不需要坐班，自由自在地工作和生活也好……这些都曾经出现在我的愿望里，是我自己亲手将它们一一实现。如果你根本没许愿，它们根本都没有在你的美梦里出现过，那么它们根本就不可能实现。

我们不知道未来如何，只有此刻最值得。如果此刻没有愿望，那么未来如何来？

后

记

我只要此时此刻

我几乎没有发过特意过生日的朋友圈。

每年，境遇不同，所在的城市不同，身边的人不同，值得纪念的时刻不同，当动荡和变化已经成为生命里的常态，我其实并不执着于那些固定的收礼物、吃蛋糕、吹蜡烛的环节，但是总会留下一些记忆和线索。

2013 年我 25 岁生日，从纽约飞往牙买加，转机的时候，我给自己买了一支香奈儿 25 号的口红。在混着酒精和荷尔蒙的雷鬼音乐里，我放下了青春期那些强烈的爱与被爱，对着加勒比海和自己说"生日快乐"。

那支 25 号的口红，是我 25 岁那年的记忆。

2015 年，我 27 岁，也是我最慌张的一年。我卸任回国，但对于未来一片茫然。生日当天的深夜，我在朋友圈里发了 6 张照片，有巴拿马机场的登机屏幕，有这个星球上的夜路，有古巴海边的日出，还有深夜在圣保罗机场唯一开着的星巴克里买的一杯豆奶拿铁，写着"一些时刻，足以感激这个世界的好"。

最慌张无助的 27 岁生日的深夜里，我想要拼命记住这些在路上的时刻和当年义无反顾在路上的心情，并且坚信这一年我一定能够找到一个方向。

顾小姐在这条朋友圈下秒回，就是寥寥 5 个字："你回不来了。"

就是在那年的 10 月，我开始写文章，随手发在网上，然后出了自己的书，然后竟开始创业。

其实，我对这条评论根本没印象，但我后来翻朋友圈的时候发现，其实生命里早就有线索。27 岁的节点，我真的会找到一个方向，注定会有新的征程。

"你回不来了"这 5 个字，是我的不甘心。回过头看，它代表的是 27 岁那年生命里的线索，也有那一年慌张的我的影子。

我深深爱着这些记忆和线索，它们是每一年我的样子。

过去的 10 年，我一直是一个目标感很强的人。想去的地方、想做的事情、生命里想拥有的时刻，好像从小就在心里埋下了愿望。我以前想，等到我考上中传，等到我进了央视，等到我成为驻外记者，等到我出版了自己的书，等到我有机会在全国签售，等我有了自己的公司，我就会特别特别快乐。

我用了 10 年的时间，把小时候幻想了一万遍的场景一一实现。然而我发现快乐的那个当下，我并没有沉浸其中。好像没有哪一个时刻，我能准确地捕捉到并且沉浸其中，在那个当下说我很快乐。

每一个应该快乐的当下，我都在患得患失，或者说我在想如何延续眼下的快乐。考上中传以后，我在焦虑以后的工作；进了央视以后，我在焦虑如何才能当上驻外记者；真的去了巴西之后，我又开始焦虑回国以后要怎么办；我谈恋爱时，甚至焦虑他是不是就是那个对的人，我们之间会不会有结果，然后互相试探，各怀心思。

发现了吗？如果在每一个本应该很快乐的时刻，我们没有沉浸其中，永远在期待下一个快乐的时刻，那么快乐好像永远都不会来。

在我 30 岁的这一年，我终于明白，快乐并不在那些未来发生，而是在某个凌晨的高速公路上感受到自由，在某个酒吧里欢呼过"进球了"，在某个湖边走过一段夜路，在某个路口认真地说过一些很真心的话。

在这些时刻，其实我们已经拥有了全部的快乐，我们要做的只是沉浸其中。

这一年，我学会了记住这些时刻，学会了不再通过追求所谓的成功和成就去追求快乐，而是沉浸于此时此刻的快乐里。

在过去的 10 年里，我自认为是个很幸运的女孩。我想要的东西就努力争取，不管中间经过多少波折、有多大的困难，好像兜兜转转几乎实现了这 10 年里的每一个愿望。

我是个从小到大体育都很差的女生，我的健身教练给我上第一堂课的时候就说："你运动时表现很不错，但你的肌肉含量真的有点少，你表现好是靠意志。"

我笑了。这个第一次见面的教练竟说出了我坚持十几年的真相，我一直觉得我大大小小的愿望和梦想都能实现，更多是要靠意志吧。

当然，很多朋友对我说"别自嘲了，意志、专注力本来就是智商的一部分"。

20 多岁，我心比天高，我的梦想像漫天的繁星，我有很多很多的欲望和执念。而如今我会觉得，靠努力、靠意志去实现一切固然好，但是走到 30 岁更需要明白的是，人生没有那么多必须得到的东西。

30 岁也好，40 岁也好，再出色的人都有自己的能力边界，我们当然应该在力所能及的范围内，最大限度地去扩大自己的能力边界。但是，我们更应该知道，对于大多数人来说，求不得才是人生常态。

人生不如意十之八九，我们如果死死盯着那些不如意，那么大多数的时间我们都是不快乐的。30 岁开始，我学着如何和不如意相处，接受求不得才是人生常态，活出一种人生的松弛感，对于往后年年岁岁的幸福至关重要。

30 岁之后，我观察很多世俗看来没有什么大成就，甚至长得并不好看、工作并不体面、老公并不优秀、孩子并不乖巧的女生，她们很多活得不慌不忙，不焦虑也不烦躁，更不在意世俗那些必须得到的，反而放下包袱活出松弛感，我由衷地羡慕。

这种松弛感，是我们度过了年少轻狂的青春之后，非常需要的生活慧根。

某一天晚上 9 点，我突然想下楼去散步，于是漫无目的地在大街上走着。有一对情侣走在我前面，有一些拉扯，男生在极力道歉，女生貌似并不打算原谅他。

我给琳达发微信："看到一对情侣在吵架，好想上去和他们说，别吵了，漫漫人生以后的路还这么长，有 99.9% 的可能性是他们并不会在一起，现在吵也没用，反正都会分开的。"

我发完突然觉得好负能量，哈哈。

看着眼前的这对情侣，吵架都吵得特别真诚，女生说："你难道不知道我不喜欢吃香蕉味的马卡龙吗？"

我哑然失笑。突然觉得画面特别美好，想想后来他们会遇到更多的人，也许会分开，然后很可能和一个连架都懒得吵的人结婚生子。

于是，我和琳达说："其实这些时刻特别珍贵，30 岁以后你会发现，其实婚姻不是什么稀缺资源，任何人都可以结婚，只要你想。"

有个 24 岁的女生问我："家里着急，是不是该凑合相亲结婚？"

我对她说："其实年轻姑娘都忽略了一点，就是结婚以后可是不能再谈恋爱了哟，你不能再爱上任何人。24 岁要早早放弃谈恋爱的权利，到底图啥？"

好的爱情才是稀缺资源，你在年轻的时候最容易拥有。如果你在年轻的时候没有拥有过，往后便很难会再相信。该谈恋爱的时光，千万别成天想着结婚。

"别再纠结于那三个不可爱的问题：你爱我吗？你爱我什么？你会爱我多久？"

我非常相信人和人之间的缘分，相信人和人之间是有线索的。该相爱的时候，就热烈相爱，即便最后分开，也不觉得遗憾。

琳达说："有缘分也不一定有什么结果，有长的，也有短的，有深的，也有浅的。"我说："还是你懂我，我真的这么想。"

然后她打来了几个字："一万年太久啊，只争朝夕吧。"

30岁，我由衷感谢生命里所有的际遇和线索，谢谢在我最低落的时候陪在我身边的人，你们是我平庸生活里空降而来的惊喜。

30岁，我依然相信爱情，依然对未来充满希望，像一个少年，我想这已经是最好的自己。

图书在版编目（CIP）数据

不退让是年轻人最好的体面 / 孙晴悦著. — 北京：
中国友谊出版公司，2020.5
ISBN 978-7-5057-4866-8

Ⅰ. ①不… Ⅱ. ①孙… Ⅲ. ①散文集－中国－当代
Ⅳ. ①I267

中国版本图书馆CIP数据核字（2020）第015606号

书名	不退让是年轻人最好的体面
作者	孙晴悦
出版	中国友谊出版公司
发行	中国友谊出版公司
印刷	河北鹏润印刷有限公司
规格	880×1230毫米　32开
	8.5印张　142千字
版次	2020年5月第1版
印次	2020年5月第1次印刷
书号	ISBN 978-7-5057-4866-8
定价	45.00元
地址	北京市朝阳区西坝河南里17号楼
邮编	100028
电话	（010）64678009

如发现图书质量问题，可联系调换。质量投诉电话：010-82069336